文春文庫

東《しの》雲《のめ》ノ空《そら》

居眠り磐音（三十八）決定版

佐伯泰英

文藝春秋

目次

「居眠り磐音」

主な登場人物

坂崎磐音《さかざきいわね》
元豊後関前藩士の浪人。直心影流の達人。師である佐々木玲圓の養子となり、江戸・神保小路の尚武館佐々木道場の後継となった。

おこん
磐音の妻。磐音が暮らした長屋の大家・金兵衛の娘。今津屋の奥向き女中だった。磐音の嫡男・空也《くうや》を生す。

今津屋吉右衛門《いまづやきちえもん》
両国西広小路の両替商の主人。お佐紀《さき》と再婚、一太郎が生まれた。

由蔵《よしぞう》
今津屋の老分番頭。

佐々木玲圓《ささきれいえん》
磐音の義父。内儀のおえいとともに自裁。

松平辰平《まつだいらたつぺい》
佐々木道場からの住み込み門弟。父は旗本・松平喜内《きない》。

重富利次郎《しげとみとしじろう》
佐々木道場からの住み込み門弟。土佐高知藩山内家の家臣。

霧子《きりこ》
雑賀衆の女忍び。佐々木道場に身を寄せる。

小田《おだ》平助《へいすけ》　槍折れの達人。佐々木道場の客分として長屋に住む。

品川《しながわ》柳次郎《りゅうじろう》　北割下水の拝領屋敷に住む貧乏御家人。母は幾代《いくよ》。お有《ゆう》を妻に迎えた。

竹村《たけむら》武左衛門《ぶざえもん》　陸奥磐城平藩下屋敷の門番。早苗など四人の子がいる。

弥助《やすけ》　「越中富山の薬売り」と称する密偵。

幸吉《こうきち》　深川・唐傘《からかさ》長屋の叩き大工磯次《いそじ》の長男。鰻屋「宮戸川」に奉公。

桂川《かつらがわ》甫周《ほしゅう》国瑞《くにあきら》　幕府御典医。将軍の脈を診る桂川家の四代目。妻は桜子。

笹塚《ささづか》孫一《まごいち》　南町奉行所の年番方与力。

木下《きのした》一郎太《いちろうた》　南町奉行所の定廻り同心。

徳川《とくがわ》家基《いえもと》　将軍家の世嗣。西の丸の主。十八歳で死去。

小林《こばやし》奈緒《なお》　磐音の幼馴染みで許婚《いいなずけ》だった。小林家廃絶後、江戸・吉原で花魁《おいらん》・白鶴《はつかく》となる。前田屋内蔵助に落籍され、山形へと旅立った。

坂崎《さかざき》正睦《まさよし》　磐音の実父。豊後関前藩の藩主福坂実高《ふくさかさねたか》のもと、国家老を務める。

田沼《たぬま》意次《おきつぐ》　幕府老中。愛妾のおすなは「神田橋のお部屋様」の異名をとる。

『居眠り磐音』江戸地図

新吉原
山谷堀
東叡山 寛永寺
忍ケ岡
上野
不忍池
下谷広小路
下谷車坂町
新寺町通り
浅草
待乳山
聖天社
竹屋ノ渡し
向島
浅草寺
今戸橋
三囲稲荷
今津屋寮
花川戸町
常泉寺
小梅村
新堀川
源森川
吾妻橋
業平橋
品川家
御厩河岸ノ渡し
首尾の松
十間川
北割下水
吉岡町
今津屋
本所
天神橋
法恩寺橋
新シ橋
柳原土手
浅草御門
両国橋
石原橋
南割下水
横川
入江町
金的銀的
長崎屋
回向院
松井橋
竪川
薬研堀
大川
浮世小路
若狭屋
鰻処宮戸川
六間堀
魚河岸
日本橋川
猿子橋
新高橋
新大橋
小名木川
日本橋
鎧ノ渡し
万年橋
霊巌寺
砂村新田
深川
亀島橋
金兵衛長屋
八丁堀
霊岸島
仙台堀
永代橋
永代寺
鉄砲洲
富岡八幡宮
越中島
堺橋
佃島

護国寺
面影橋
小石川
伝通院
中山道
日光御成街道
本郷
下谷茅町
石切橋
牛込
豊後関前藩
上屋敷
湯島天神
神田川
水道橋
神田明神
牛込御門
表猿楽町
元 尚武館佐々木道場
駒井小路
駿河台
昌平橋
筋違橋御門
田安御門
市谷八幡宮
神保小路
九段坂
俎橋
雉子橋
内藤新宿
四谷大木戸
市谷御門
一橋御門
千鳥ヶ淵
鎌倉河岸
善国寺谷通
麹町
江戸城
神田橋
四谷
四谷御門
本丸
大手御門
半蔵御門
西の丸
一石橋
道灌堀
平川天満宮
和田倉御門
呉服町
馬場先御門
鍛冶橋御門
南町奉行所
京橋
数寄屋橋御門
三十間堀
清水谷
溜池
木挽橋
氷川明神
原宿
愛宕権現
芝口橋
木挽町
長谷寺
増上寺
芝
赤羽橋
宝泉寺
麻布村
麻布広尾町

本書は『居眠り磐音 江戸双紙 東雲ノ空』（二〇一二年一月 双葉文庫刊）に
著者が加筆修正した「決定版」です。

編集協力 澤島優子
地図制作 木村弥世

東雲ノ空

居眠り磐音（三十八）決定版

第一章　橋上の待ち伏せ

一

天明《てんめい》二年（一七八二）、暑い夏が終わり、秋を迎えていた。

相模《さがみ》と武蔵《むさし》の国境を流れる多摩川河原には秋茜《あきあかね》が飛び交い、芒《すすき》の穂が川風を受けて銀色に波打っていた。夜ともなると虫がすだき、移りゆく季節を感じさせた。

その夜、多摩川の丸子《まりこ》の渡し場に、背に眠る幼子《おさなご》を負《お》うた武士とその女房と思《おぼ》しき三つの人影があり、密《ひそ》かに多摩川の流れを南から北へ越えようとしていた。

女の腹が円《まる》く膨らんで見えた。

江戸虎御門《とらのごもん》を起点にして、芝二本榎《しばにほんえのき》町、中延《なかのぶ》、馬込《まごめ》、鵜木《うのき》を経てこの丸子の渡しで多摩川を渡り、小杉、佐江戸《さえど》、相模国中原を抜けて平塚宿で東海道と合流する中原往還の渡しだ。ちなみに上流には矢倉沢《やぐらざわ》往還（大山道）の二子《ふたご》の渡しが、下流には東海道の六郷《ろくごう》の渡しがあった。

旅慣れた影は、眠りに就《つ》く丸子の渡し場から少し上流へと岸辺を上がった。するとそこに灯《あか》りもつけない舟が待ち受けており、小柄な影が無言でぺこりと頭を下げると、女房の手をとって舟に乗せた。

武士は舳先《へさき》を押して流れに舟を乗せ、自らも飛び乗った。船頭が舟に飛び乗る武士のなんとも軽やかな動きを確かめると、棹《さお》で川底を突き、向こう岸を目指した。

およそ二刻(四時間)ほどあと、七つ(午前四時)過ぎの刻限、神奈川宿の旅籠《はたご》たび亀の前で番頭や女衆《おんなし》に見送られ、江戸に向かおうとする七人の一行がいた。

「空也《くうや》様はお供のお方の背でよう寝ておられること」

と番頭が一晩泊まった子の名を呼んで、

「またのお越しをお待ちしておりますよ」

と如才《じよさい》なく送り出した。

神奈川宿から川崎宿まで二里半、さらに六郷の渡しを挟《はさ》んで品川宿まで二里半、品川から日本橋まで二里、都合七里の行程だ。江戸を目指して道中をしてきた旅人には、七里は近くて遠い旅程だった。

江戸の住人ならば、

「ようやく江戸に戻ってきた」

という想いの七里であり、江戸を初めて訪ねる旅人や勤番侍なら、

「江戸が七里先にある」

という期待の距離であったろう。

たび亀を出た一行は、黙々と川崎宿を目指した。時折り、幼子を負ぶった若侍がおんぶ紐《ひも》を結び直して、その都度、幼子の母親が案じ顔でなにか若侍に言いかけた。腹が大きいところを見ると、二番目の子を宿しているのか。

川崎宿を通過した一行の行く手がようやく白んできた。

一行の落ち着いた足取りは長旅を思わせるものだったが、主《あるじ》夫婦だけがどことなく不安げな様子を見せていた。すると町人仕度の壮年の男が主に話しかけて気を鎮めさせた。

一行の行く手に多摩川の流れが鈍く光って見えた。

明《あ》け六つ（午前六時）一番の渡し船を目指して旅人がぞろぞろと土手を下りて

いく。

慶長《けいちょう》八年（一六〇三）二月に徳川家康が江戸に幕府を開き、東都と呼ばれるようになって百七十九年の歳月が過ぎていた。

京の朝廷の動きを睨《にら》んだ東の都に入る街道は、古代から畿内を発して東海地方を横切り東国にいたる東海道を筆頭に、鎌倉街道、中原往還、矢倉沢往還、津久井道、甲州道中、青梅《おうめ》街道、五日市街道、中山道、日光御成道《おなりみち》、川越街道、日光道中、水戸・佐倉道と、道中奉行が監督する街道だけでもこれだけあった。

家康の関東入部以来、東海道は宿場を整え、一里塚を設けて整備し、五街道の筆頭として人の往来、物資の運搬路、情報の流通路として大きく貢献してきた。

江戸を長らく離れた旅人にとって、最後の難所が六郷の渡しだ。

慶長五年（一六〇〇）には六郷橋が架《か》けられたが、貞享《じょうきょう》五年（一六八八）の洪水で流失して以来、船渡しになった。

「辰平《たつぺい》、川向こうは八幡塚《はちまんづか》、いわば江戸じゃぞ」

と幼子を負ぶった若侍が同年配の侍に興奮気味に話しかけた。

「利次郎《としじろう》、二、三年足らずの武者修行で、そうも江戸が懐《なつ》かしいか」

「それはそうだ。それがし、神田川の水で産湯《うぶゆ》を使い、江戸の暮らししか知らぬ江戸っ子じゃぞ。流れの向こうに江戸があると思うとわくわくするわ。のう、霧《きり》子《こ》」

幼子を負ぶった若侍が地味な形《なり》の娘に話しかけた。

「利次郎さん、江戸に入るための最後の難関がこの六郷の渡しにございます。気を鎮められ、その時に備えなされませ」

「霧子、だんだんと明るくなってきた。街道を仕切るご老中でも、江戸に戻るわれらの邪魔立てはなさるまい」

「いえ、そう容易《たやす》くことがいくとも思えません」

霧子が利次郎を窘《たしな》めた。

「弥助《やすけ》様、なんぞひと悶着《もんちゃく》ありそうですか」

利次郎と呼ばれた若侍が壮年の男に尋ねた。

「どなた様かが、わっしらの江戸帰着を気にかけておられることは確か。名古屋を出て以来、わっしらは前後を見張られての旅にございましたからな。これまで手を出さなかったということは、六郷の渡しでけりをつけようという肚《はら》でございましょうかね。それとも黙ってお見逃しになるか、わっしにはなんとも答えられませんな」

と壮年の男がきびきびとした口調で答えたとき、利次郎の背の幼子が目を覚まして、うーんと伸びをした。

「起きられましたか、空也様。ご覧なされ、川向こう三里先に江戸の都が広がっておりますぞ」

利次郎が背中の幼子に大声で話しかけ、一行が土手道を下り始めると、河原に川役人とは別に黒羽織の面々がいて、乗合客の風体《ふうてい》を検《あらた》めていた。

「やはりそう容易には六郷の渡しを越えられぬか」

辰平が呟《つぶや》き、刀の柄袋《つかぶくろ》をそおっと抜き取った。そのかたわらに弥助が歩み寄り、

「辰平さん、そいつを使《つこ》うては、わっしらの役目は果たせねえってことでございますよ」

「いかにもさようでした」

辰平は弥助の忠言に素直に返事したが、柄袋は外したままだった。

「まあ、なるようにしかなりますまい」

弥助が平然と言い、行列の後ろに従った。すると一行のかたわらを足早に通り過ぎ、黒羽織に歩み寄った道中姿の者がいた。

一行を名古屋から監視してきた田沼意次《たぬまおきつぐ》の密偵だろうか。一行が見ていると、

黒羽織らの顔色が変わり、緊張が走った。

弥助は芒の原を見ていた。

その辺りに殺気が漂い、大勢の者が潜んでいる気配があった。

(ほう、火縄の燃える臭《にお》いまでしてやがる)

天下の六郷の渡しで鉄砲隊を使ってまで一行の江戸入りを阻止しようというのか。人間だれしも死ぬときは訪れるもの。仇《かたき》を始末したところでわが身が永久というわけでもなし、栄耀栄華《えいようえいが》、権勢の座に昇りつめた者ほど凋落《ちょうらく》が、死が恐ろしいということか。

(黙っていれば天が定めた寿命を全《まっと》うできるものを)

と弥助は鼻で嗤《わら》った。

黒羽織の一団が一行のもとにやってきた。

「列を離れなされ」

黒羽織の長《おさ》が一行に命じた。

道中姿の密偵は少し離れた場所からその様子を窺《うかが》っていた。

「わっしら、一番の渡しに乗りたいのでございますがな。向こう岸に出迎え人も来ておりますので、長くは待たせたくないのでございますよ」

「そのほう、名は」

「へえ、弥助と申します」

黒羽織の長の眼が主と思える塗笠《ぬりがさ》の武家に向いた。

「姓名を伺いたい」

呼びかけられた主が塗笠の縁を片手で持ち上げた。

「御家人品川柳次郎《しながわりゆうじろう》にござる」

「なに、品川柳次郎とな」

黒羽織が離れて立つ密偵をちらりと見て、また対面する武士に視線を戻した。

「虚言を弄《ろう》しては、そこもと後々困ることになるぞ」

「お役人、それがしが嘘《うそ》をついたと言われるか。それがし、七十俵五人扶持《ぶち》、代々本所北割下水《ほんじよきたわりげすい》に拝領屋敷を頂戴《ちようだい》しておる者じゃ。これ、お有《ゆう》、われらが大山詣《もう》での道中に組頭どのが出された手形をお見せせぬか」

「大山詣でとな」

「わが女房は見てのとおり懐妊しておる。それと知り合いが負ぶう子はわが実兄和《わ》一郎《いちろう》の末っ子じゃが、疱瘡快癒《ほうそうかいゆ》のお礼参りに大山に詣でたところじゃ。信心はなんぞお触れに反するかのう」

柳次郎が問うところにお有が道中手形を提示した。

手形を見た黒羽織が、

「そなた、坂崎磐音《さかざきいわね》ではないのか」

「おや、懐かしい名前を口になされますな。そこもとら、磐音どのの行方をご存じか」

と反対に柳次郎が訊き返すと、

「知るわけもなかろう」

と憮然《ぶぜん》と吐き捨てた。

「ならば渡し船に乗ってよろしいな」

「大山詣での足を止めても、なんの足しにもならぬでな」

一行は行列に戻った。すると、

「六郷の渡し、一番船が出るぞ！」

と助船頭《すけせんどう》が呼び、行列が渡し船へと動き出した。

品川柳次郎とお有ら一行もなんとか乗り込み、舳先に一同が腰を下ろした。

渡し船が船着場を離れたとき、

「ふうっ」

と利次郎が大きな息を吐き、

「霧子、すまぬが背の子を下ろしてくれぬか」

「向こう岸に着けば、また負ぶうことになりますよ」

「こんどは、そなたか辰平が代わってくれぬか」

「なんだ、神奈川宿からまださほど負ぶってはおるまいが」

と答えた辰平が笑い出した。

「黒羽織の顔を見たか、利次郎」

「いや、われらを尾張《おわり》名古屋から尾行してきた密偵どのの呆《ほう》けた面《つら》が見物であったな」

「大きな声では言えぬが、江戸に戻った挨拶《あいさつ》代わりに神田橋《かんだばし》の主様に一発噛《か》ませたというところかのう」

「辰平さん、利次郎さん、向こう岸に渡ったら、なにが押しかけてくるやもしれません。緊張を解いてはなりません」

と霧子が注意した。

向こう岸は朝靄《あさもや》に隠れていた。

「神田橋の主としては六郷の渡しで食い止めたかったであろうに、策の立て直しを迫られような」

と品川柳次郎が言い、

「お有、思いがけなくも大山詣でに駕籠《かご》で行かせてもろうたのも、坂崎磐音様とおこん様のお蔭《かげ》じゃぞ。それも今津《いまづ》屋《や》の路銀《ろぎん》でな」

「ほんにほんに、これで腹の子も無事に生まれますね」

「お有、われらにはおいちが生まれたばかり。綿入れで膨らませた腹から子が生まれるものか」

「旅というものはいいものですね、気が晴れ晴れといたします。江戸しか知らぬ私は思いがけなくも大山に詣で、今津屋の先妻お艶《えん》様の菩提《ぼだい》も弔《とむら》うことができました」

「いかにもいかにも」

品川柳次郎とお有夫婦は屈託がない。

「かようなときに兄者の子が役に立とうとは考えもせなんだわ。それにしても末っ子末吉《すえきち》を大山詣でに連れていったというのに、兄者め、こちらの足元を見て、貸し料を二両も請求しおったぞ」

「それをおまえ様が二分に値切られました。空也様と歳《とし》の頃が同じ子を、気軽に貸してくれるところなど、そう見つけられるものではありません。致し方なき値かと存じます」

「お有様、まったくで」

弥助が夫婦の話に加わった。

「神奈川宿たび亀での一家三人すり替わりなんて芸当は、やろうたってなかなかやれるもんじゃない。お有様、お見事にございました」

「弥助様、私はただ腹を突き出して歩いただけですよ」

「おこん様に二番目のお子が宿っていると分かったのは初夏のことでしてね。それで紀伊《きい》領内を出るのが遅れたのと、京、名古屋で懐かしい人々との再会で日を過ごしてしまった。まあ、おこん様の腹が定まるのを待っての江戸帰着でしたからな、お有様に懐妊の格好をしてもらい、これで二親子すり替わりが万事うまくいきました」

と弥助が笑い、

「残る難儀は一つだけじゃな」

と柳次郎が思わず洩《も》らした。

朝靄の中、船着場がそこに迫っている気配があった。

「なんでございますか、柳次郎様」

「母上じゃ。われらが大山詣でに出かけると聞いて、私も同道しますと最後まで頑張られたではないか。われらが楽しい旅をしてきたと知ると、当分機嫌が悪かろうな」

「とは申せ、こたびの旅は私どもが坂崎様一家にすり替わって六郷の渡しを越えるのが狙《ねら》いにございましょう。姑《しゅうとめ》様が一緒ではお役に立ちません」

「理屈は分かっておる。されど母上がそれで得心なされるかどうか。母上は手強《てごわ》いからのう」

と柳次郎が呟いたとき、とーんと渡し船の舳先が船着場にあたった。

「さて、利次郎さん」

と霧子が言いかけたとき、品川和一郎の末っ子が、

「腹が空《す》いた」

と喚《わめ》き出した。

「末、末吉、品川宿でなんぞ食わせるで、それまで我慢せえ」

「おっ母の乳が飲みてえ」

「そなた、いくつに相成る。三歳にもなって乳が欲しいか」

利次郎が諭《さと》すように言ったが、末吉は聞き分けるふうはない。渡し船の客の注視の中で喚く末吉を背に負ぶった利次郎が、

「武者修行に子守りがあるとはのう、考えもしなかった。それにしても」

と言いかけた利次郎の口を霧子の手が塞《ふさ》いだ。

「利次郎さん、思ったことをすぐに口にしてはなりませぬ」

「そなた、それがしの言わんとすることが分かるというのか」

「末吉さんと空也様を比較しようとなさいましたね」

と霧子が囁《ささや》き声で言った。

「品川柳次郎様のお手前を考えてください」

「そうか、家を出た兄様とは申せ、この子の悪口を快く思われまいな。なにより末吉がいればこそ、品川一家のすり替わりができたのだからな」

末吉を強引に負ぶった利次郎が、渡し船からとーんと朝靄の岸辺に飛んだ。

「さあて、あと三里で江戸じゃぞ」

「急に張り切ったな、辰平」

「江戸を離れて五年の月日が過ぎたのじゃぞ」

「そなた、五年も旅の空の下にあったたか」

河原に朝風が吹いて、朝靄を吹き流した。すると土手に今津屋の番頭の由蔵《よしぞう》、おこんの父親の金兵衛《きんべえ》、宮戸川《みやとがわ》の鰻《うなぎ》職人の幸吉《こうきち》の三人が立っているのが見えた。

「おお、今津屋の由蔵さんじゃ。金兵衛さんはなんだか一回り小さくなられたな。おお、もう一人は幸吉かのう、大きくなりおって」

と利次郎が言い、手を振った。

すると金兵衛が、

「おこん」

と叫ぶと早瞼《まぶた》を潤ませ、

「おこんが戻ってきたよ、孫を連れて戻ってきたよ」

とぼろぼろと涙を零《こぼ》し始めたのが確かめられた。幸吉が、

「金兵衛さん、気をしっかり持つんだぜ。安心した途端、ぽっくりなんてやめてくれよな」

と注意した。

六郷の渡しを無事に抜けるために策した二親子すり替わりを唯一知る由蔵が、金兵衛に真実を告げようと思った矢先、金兵衛が、

「おこん！　空也！」

と叫びながら、利次郎が負ぶう幼子に向かって両手を差し伸べながら土手を走り下りていった。

「だれかは知らぬが、わが孫をこの腕に抱かせておくれ」

金兵衛が利次郎の背の子の顔を触った。すると末吉が、

「おっ母のおっぱいが飲みてえ」

と喚いた。

金兵衛は愕然《がくぜん》として、二、三歩後ずさり、

「尚武館《しょうぶかん》の跡継ぎが、三つ四つにもなって母親の乳を欲しがるか。いくら旅の空で育てたとはいえ、なんということか」

とかたわらの両親を見た。するとそこには本所北割下水の住人、品川柳次郎とお有の顔が笑っていた。

「な、なんだ。婿《むこ》どのは、おこんは江戸に戻ってこねえのか。この餓鬼《がき》はわしの孫じゃねえのか」

と茫然《ぼうぜん》と呟いた。

二

丸子の渡し場で密かに多摩川を渡った武家一家を迎えた小柄な影は、対岸に一挺《ちょう》の乗り物、角棒のあんぽつを用意していた。

小田平助《おだへいすけ》だ。

駕籠かき人足は三人。江戸から多摩川へと遠出したために、交替の人足一人を加えていた。

ちなみに町人が乗ることを許されている駕籠の最上のものを法仙寺《ほうせんじ》駕籠といい、この駕籠に乗る場合、裃《かみしも》を着用しなければならなかった。

あんぽつは、それに次ぐ乗り物で、両替屋行司《ぎょうじ》今津屋が出入りの駕籠屋に命じて、江戸から多摩川丸子の渡しへと差し向けたものだ。

このあんぽつに腹が大きな女房と旅の武家の背から下ろされた幼子が乗り込んだ。むろん三人は江戸に三年余ぶりに戻る坂崎磐音とおこん夫婦、姥捨《うばすて》の郷《さと》で生まれた空也だった。

小田平助が提灯《ちょうちん》を提《さ》げて一行の先頭に立ち、中原往還を江戸に向かったのは、夜半九つ（十二時）過ぎのことだった。身重のおこんと空也を乗せたあんぽつは、折り折り休みを入れながら密かに江戸を目指した。

紀伊領内、高野山《こうやさん》の内八葉外八葉《ないのはちようげのはちよう》の山並みに囲まれた隠れ里、姥捨の郷での、田沼一派が差し向けた刺客雹田平《ひようでんぺい》らとの戦いを制した磐音らは、戦いで破壊された姥捨の郷を元の平和な地に戻すべく、雑賀衆《さいかしゆう》とともに、隠れ里の復興に汗を流した。

雹田平一党に破られた郷への出入口、空の道一ノ口、海の道一ノ口、川の道二ノ口の新設がほぼ完成をみたとき、戦いから三月《みつき》が過ぎ、おこんの二人目の懐妊が分かった。雑賀衆の梅衣《うめごろも》のお清《きよ》らは、

「腹にややこを宿して江戸への道中ができようか。二人目もな、この地でお産みなされ」

と勧めてくれた。

だが、帰心が募るおこんも磐音らも、雑賀衆の心遣いを固辞して旅仕度を始めた。

その間にも、高野山奥之院副教導室町光然《むろまちこうねん》老師、それに新宮《しんぐう》藩城代を長年務めてきた榊原兵衛左ヱ門《さかきばらひようえざえもん》と幾たびか会談を持ち、江戸に戻った折り、老中田沼意次

とその一派に対抗する策を話し合ってきた。

二年半余にわたる姥捨の郷滞在を終えた磐音一行八人は、紀《き》ノ川《かわ》沿いの交通の要衝橋本宿《ようしょうはしもと》に出て、大和街道《やまと》を明日香《あすか》へと目指し、さらに京へと到着した。

一行は茶屋本家《ちゃや》中島家《なかじま》に滞在を許され、茶屋本家の仲介で幕府と関《かか》わりが深い朝廷の貴人に面会し、ここでも江戸帰着の下準備をなした。

京滞在は一月《ひとつき》に及んだ。

その後、磐音一行は尾張名古屋に向かい、尾州《びしゅう》茶屋の大番頭中島三郎清定《さぶろうきよさだ》らと感激の再会を果たしたのだった。

尾張徳川の本拠地名古屋は、磐音が相模小田原藩大久保《おおくぼ》家陪臣《ばいしんし》清水平四郎《みずへいしろう》として長逗留《ながとうりゅう》した城下だった。その逗留の途中で磐音の身分が尾張藩に知れたが、尾張は江戸で幕政を専断する田沼意次への反感もあって、磐音の滞在を認めたばかりか、温かく迎え入れてくれた。

尾張徳川家も西の丸家基《いえもと》の死に強い疑いを抱き、その死に殉じた佐々木玲圓《ささきれいえん》とおえい夫婦への同情も加わり、田沼に潰《つぶ》された尚武館佐々木道場の後継として磐音を遇してくれたうえに、藩道場で剣術指導さえ許してくれた。ためにこの地には大勢の剣術仲間がいて、磐音一行の名古屋再訪を大いに歓迎してくれた。

磐音もそれに応《こた》えるべく藩道場で毎日指導にあたった。

この名古屋滞在は三月《みつき》に及んだ。

名古屋入りした時点で小田平助の姿が一行から消えていた。

平助は磐音の命で一行に先発して江戸に戻り、磐音らが戻ったときのための仕度にかかったのだ。この受け入れに今津屋が一役買っていたのは言うまでもない。

磐音は名古屋滞在中も、折りに触れ、尾張藩の重臣らに面会し、江戸に戻った際の田沼対策を話し合っていた。それほど老中田沼意次、奏者番《そうじゃばん》意知《おきとも》父子の幕府内での力は一段と強まり、絶頂を極めていた。

磐音は江戸に帰る以上、佐々木玲圓が選んだ道だけは避けたいと心に誓っていた。田沼の専断政治が処々方々で障害を起こしていることを見てきたし、また身内や親しい友を失う哀《かな》しみを二度と経験したくないと思っていた。

ために高野山、新宮藩、尾張藩、京の茶屋本家、名古屋の尾州茶屋中島家などの力を借りることも辞さぬ覚悟だった。

田沼一派の警戒の網を潜《くぐ》って江戸から船で逃れた磐音とおこんの流浪の旅は、三年数か月に及び、天明二年の秋を迎えていた。

中原往還が芝二本榎を経て伊皿子坂《いさらござか》を下り、東海道に交わった。すでに磐音らは大木戸の内側にあって御府内《ごふない》に入っていた。

芝の浜に打ち寄せる波の音が磐音とおこんの耳に優しく響いてきた。江戸の響きであり、匂《にお》いだった。

「おこん、われらはもはや江戸に身を入れておる」

「はい」

と短くも感激の返答があんぽつから聞こえてきた。

「空也は眠っておるか」

「はい、さすがに旅に疲れを覚えましたか、よう眠っております」

と応じたおこんが、

「いえ、磐音様、ご心配はございません。空也はそなた様に似て身体壮健な子にございます。目さえ覚ませば元気に歩き回りましょう」

「江戸が気に入ってくれるとよいが」

と呟いた磐音は、

「おこん、そなたの加減はどうじゃ」

と女房の身を案じた。

「ご案じめされますな。こんには二人目の子にございます」

と応じたおこんが、

「姥捨のお蚕《かいこ》屋敷が懐かしゅうございます」

「空也にとって姥捨は生まれ在所《ざいしょ》、大きゅうなった折りに訪ねることもあろう」

「そのとき、私どもはこの世におりましょうか」

「そなたの父金兵衛どののもわが父母も壮健ゆえ、われらも心配あるまい。たとえ空也の姥捨行に同道せぬとも、この芝浜まで見送りに参ろうではないか」

「そうでございますね、生きてお父っつぁんと再会を果たせるとは、夢のようでございます」

乗り物は二人の会話をよそに元札《ふだ》ノ辻《つじ》から赤羽橋《あかばねばし》へ粛々《しゅくしゅく》と進んでいた。

「もうすぐな、金兵衛どのの腕に空也を抱かせることができよう」

「近頃空也は体が一段と育ち、重うございます。お父っつぁんが空也を抱いた拍子に腰など痛めませぬか」

「おこん、そなたは相変わらず心配が尽きぬな。じゃが、金兵衛どのが腰を痛めてもならぬ。それがしが介添えして舅《しゅうと》どのに抱かせてさしあげよう」

と磬音が応じたとき、七つの時鐘が増上寺《ぞうじょうじ》切通しから響いてきた。

丸子の渡し場から二刻ほどで江戸府内に到着したことになる。

身重のおこんと空也を負ぶった磐音ではこうはいかなかったであろう。今津屋の由蔵の厚意であんぽつを用意してもらい、まだ暗いうちに府内に入ることができた。

一行を先導していた小田平助が磐音のかたわらに歩み寄った。

「平助どの、お蔭さまにて難なく江戸に到着いたしました。礼を申します」

と磐音が小田平助に頭を下げた。

「若先生、やめてくれんね。主が居候《いそうろう》に頭を下げることはなか」

「いや、そなたがおられねば、われら江戸に何事もなく帰着できたかどうか」

「若先生、わしは尚武館ば守りきれんやったと。眼の前であん尚武館が壊されていくのばくさ、指を咥《くわ》えて見ていた男たい。若先生からくさ、託された約定《やくじょう》を果たせんかった男ばい」

「ただ今の田沼様にどなたが抗することができましょう。尚武館佐々木道場は養父《ち》玲圓が自死なされたとき、共に消えたのです。建物は取り壊されたが、養父《ち》玲圓が教導された直心影流《じきしんかげ》の精神と技は、われら残された門弟に受け継がれております。小田平助どのは、その魂を守ってこられたのです。それがしが頭を下げたのはそのことに対してでござる」

「若先生にそげん褒《ほ》められると、いささか言うことがくさ、言いきらんごとなった。ちいとばっかりくさ、おこん様に言い訳せないかんとたい」

平助がもじもじした。

「私に言い訳とはなんでございますか」

「金兵衛さんはくさ、六間堀《ろっけんぼり》の家におらんもん」

「えっ、お父っつぁんはどこに行ったのですか。まさか病に罹《かか》ったのではないでしょうね」

おこんが乗り物の中で狼狽《ろうばい》していた。

乗り物はいつしか増上寺門前を通過して芝口橋を目指していた。

あんぽつを担ぐ駕籠かきたちは辻駕籠と違い、それなりの身分の町人が客ゆえ、厳しく躾《しつけ》もなされ、なにより静かに、かつ迅速に乗り物を運ぶ技量を持っていた。

いつしか江戸城が見える芝に達していたが、まだ夜明けには幾分時がかかった。

「病じゃなか、おこん様。あんな、金兵衛さんと今津屋の由蔵さん、それに宮川の幸吉さんはくさ、六郷の渡しに出迎えに行っとると。今頃、もう土手に立ってくさ、渡し船が来るのを待っとろうたい」

「なに、由蔵どの方三人がわれらの出迎えとな」

磐音も驚いた。

「由蔵さんだけが、品川一家がくさ、若先生方にすり替わったことを知っとると。ばってん、他の二人はくさ、知らんたい」

「小田様、それはまたなぜにございますか」

おこんが尋ねた。

「おこん、われらと品川さん一家のすり替わりを完璧にするために、由蔵どの、舅どの、幸吉がもう一役買って、田沼派の眼を六郷の渡しに引き付けたのではないか。われらがこうも易々《やすやす》と江戸に入れたのも、舅どのと幸吉が騙《だま》されてくれたお蔭じゃ」

「若先生、そういうこったい。まあ、江戸に戻ったら戻ったでくさ、若先生は覚悟を決めなはろう。ばってん、あちら様にしたらくさ、江戸入りを六郷で阻《はば》んでおきたかったところたいね」

と笑った平助が、

「そげんわけでくさ、おこん様、親父様との対面は今日の昼まで待ってつかあさい」

「小田様方にあれこれと気遣いをさせてしまいました。お礼を申します」

乗り物からおこんの安堵の声が響いたところに、

「母上、ここはどこじゃ」

と、眠りから覚めたらしい空也の声がした。

「空也、江戸じゃぞ」

「父上、えどにございますか」

空也があんぽつの御簾《みす》ごしに行き過ぎる江戸の町並みを見ようとしたが、

「父上、くらくてようみえません」

と呟いた。

すでに人の往来はあったが、空也には江戸がどのようなところか、想像もつかない様子だった。

「そのうち、空が白んでこよう」

と空也に言いかける磐音に、

「磐音様、両国橋を渡る折り、乗り物を下りて、橋の上から空也に江戸を見せとうございます。また私も新たな江戸での暮らしを自らの足で始めとうございます」

とおこんが願った。

「おこん、三人で両国橋を渡ろうか」

「はい」

おこんが短く応じた。

あんぽつは芝口橋、京橋と渡って江戸の繁華な町屋に入った。

真っ直ぐに北に向かえば日本橋に辿《たど》り着く。だが、乗り物は中橋広小路で右に折れて楓《もみじ》川の河岸《かし》道《みち》に出ると、日本橋より一本下流の江戸橋を渡り、町屋を南西から東北に抜ける近道を通って両国西広小路に出た。

橋の西詰であんぽつが止まり、おこんと空也が下りた。

空也の腰には、雑賀衆の男衆頭《おとこしがしら》雑賀草蔵《そうぞう》が別れの折りに贈ってくれた小さ刀があった。三歳の空也に合わせて、刃渡り九寸五分（約二十九センチ）の小さ刀拵《こしら》えにした守り刀だった。

「見よ、空也」

と橋際から西の空を教えた。すると江戸の町の向こうに江戸城の御本丸が聳《そび》えて見えた。

「江戸城じゃぞ」

「えどじょうですか」

空也は江戸城がなにか分からぬ様子だった。

「公方《くぼう》様、将軍家治《いえはる》様がお住まいのお城じゃぞ」

磐音は空也の手を引いて西から東に向き直った。おこんも倣《なら》った。

東雲《しののめ》の空がわずかに白んで新しい朝を迎えようとしていた。

「これから渡らんとする橋が両国橋じゃ。そなたの爺《じじ》様は川向こうに住んでおられる」

「やすけ様でございますか」

「弥助どのではない。そなたの母の父様ゆえ、そなたの真《まこと》の爺様じゃ」

「空也には何人もじじ様がおられるのですか」

「いかにも多くの爺様がおられる。ゆっくりと顔と名を覚えることじゃ」

おこんが空也の左手を引いた。

「空也、私たちの住まいに戻りますよ」

磐音が空也のもう一方の手を取った。初めて親子三人で渡る両国橋だった。

おこんの脳裏にも磐音の胸中にも、多くの出会いと別れと戦いが去来した。

すべて過ぎ去った記憶だった。

一つだけ、磐音には嬉《うれ》しくも辛《つら》い思い出が蘇《よみがえ》っていた。

安永《あんえい》七年（一七七八）秋、家基のたっての願いで磐音らはお忍びで屋根船を仕立て、大川を上り下りして城外の暮らしを見せたことがあった。その折りの光景を磐音は思い出していた。

須崎村の長命寺《ちょうめいじ》門前の大黒屋で桜餅《さくらもち》を賞味し、深川六間堀の鰻処宮戸川で蒲焼《かばやき》を賞味した家基の満足げな顔を磐音は忘れることができなかった。

（家基様、江戸に戻って参りましたぞ）

三人は東雲の空の下に向かって歩き出した。

一歩踏み出すと磐音は頰《ほお》に川風を感じた。乾いた秋の朝風が川面を伝い流れて、心地よい軽やかさを磐音に感じさせた。

江戸の川風だ、と磐音は思った。

江戸に戻ってきたと確信した。

磐音は空也の足に合わせてゆっくりと、両国橋を東に向かって歩き出した。

これから三人で、いや、すぐに生まれる子を加えて親子四人で新たな思い出を刻む橋でもあった。一歩一歩、橋板を踏みしめて歩いていった。

中ほどに差しかかったとき、往来する人々がいないことに気付いた。

磐音は行く手を見た。

十間先に武芸者が立っていた。袖無《そでな》し羽織を着た武芸者は磐音と同じくらいの年齢か、がっちりとした腰と両足の上に厚い胸板があった。

腰には渋い朱色の大小拵えがあった。

四角い顎《あご》に無精髭《ぶしょうひげ》がまばらに生えていた。

顔には斜めに革紐が走り、眼帯代わりに古銭の寛永通宝《かんえいつうほう》が片目を塞いでいた。

磐音の背後から小田平助が歩み寄ってきた。

「平助どの、おこんと空也を願う」

「承知仕《つかまつ》りましたばい」

磐音は空也の手を解《ほど》くと、行く手を塞ぐ相手に歩み寄った。そして、三間ほど手前で足を止めた。

「なんぞ御用かな」

と磐音が静かに話しかけた。

「直心影流尚武館佐々木道場後継坂崎磐音どのじゃな」

「いかにもさようにござる。お手前は」

「遠江《とおとうみ》の出、土子順桂吉成《ひじこじゆんけいよしなり》にござる」

磐音に土子の名に覚えがあるとしたら、江戸期以前の天真正伝神道流師岡一羽《もろおかいっぱ》の高弟、土子土呂助《どろのすけ》しかいない。土呂助の同門に根岸兎角《ねぎしとかく》、岩間小熊《いわまおぐま》がいたが、病に倒れた師を見捨て江戸で道場を興した兎角を小熊が斃《たお》した。

土呂助は、師の生まれ故郷常陸《ひたち》国江戸崎に留まったが、後に仕官の口を求めて駿河《するが》に向かったと聞く。二百年も前の話だ。駿河と遠江は近い。

土子はその血筋か。

「なんぞそれがしに用でござるか」

と磐音は重ねて訊いた。

「そなたに告げておきたい」

と土子が前置きした。

「それがし、一片の恨みつらみもそなたにはござらぬ。じゃが、いささかの恩義これある人の頼みにより、そなたの命を貰《もら》いうける」

「丁寧《ていねい》なる挨拶痛み入る。して、この場で決しますか」

「いや、本日は告知のみにござる。そなたとの戦い、明日になるか三年後になるか、それがし、考えもつかぬ。じゃが、それがしがそなたを付け狙《ねろ》うておることを教えるべく、かくの如《ごと》く待っておった」

「遠江の出とは田沼意次様の相良《さがら》領もまた遠江。そなた様の雇い主は田沼意次様にございますかな」

「いかようにもお考えあれ」

と答えた土子順桂は、反動もつけずに、
ひょい
と両国橋の欄干《らんかん》に飛び乗った。なんとも身軽な武芸者だった。

「さらば」

「その折りまで」

土子の体が川の流れに飛び下りた。

小田平助が欄干に駆け寄り、

「あん人、舟を舫《もよ》うておりましたばい」

と磐音に教えた。

「さて、おこん、空也、わが家に戻ろうか」

と待っていた空也の手を握り直した。安住の家かどうか、未だ戦いの日々は終わっていなかった。

新たな戦いの刻を土子順桂に告げられ、磐音は緊張を新たにした。

三

水上から小梅村別当延命寺三囲稲荷《みめぐりいなり》の鳥居が見えた。

小田平助が小柄な体でゆったりと櫓《ろ》を操《あやつ》りながら、

「空也様、お住まいに着きましたぞ」

と初めての江戸に驚きを隠せない表情の空也に話しかけた。

小田平助は両国橋東詰の船着場に猪牙舟《ちょき》を用意していて、水上から住まいに向かうことを考えていた。

磐音とおこん、それに空也の三人がいったん落ち着く江戸の住まいは、今津屋吉右衛門《きちえもん》の祖父がこの小梅村の緑多き水辺の景色に惚《ほ》れこみ、七年の歳月をかけて建設したという、藁葺《わらぶ》き屋根の御寮だった。

田沼意次の命《めい》により尚武館を追い立てられた佐々木磐音とおこんが身を寄せたのが、この今津屋の御寮だった。こたびの江戸帰着に際し、吉右衛門は由蔵の書状を通して、

「小梅村の御寮を空《あ》けてお帰りをお待ち申しております」

と伝えてきた。

磐音は吉右衛門の厚意を素直に受け入れた。

今津屋は陰になり日向《ひなた》になって尚武館佐々木道場を応援してきたために、田沼意次とその一派に睨まれていた。

だが、今津屋は江戸の金融界、両替商六百余軒を束ねる両替屋行司であり、幕閣で強い政治力を発揮する田沼意次とてあからさまには手を出せない経済力を持っていた。

江戸の世は武を頂点にした社会だが、実際は商が武を押さえ込んでいた。御三家をはじめとした大名諸家、旗本御家人らの中で借財のない屋敷を探すほうが難しいほど、禄米《ろくまい》を担保に札差《ふださし》、両替商などから金子《きんす》を借りていたからだ。

磐音とおこんは、小舟から今津屋の緑に囲まれた敷地千三百余坪の御寮を懐かしくも見た。

神保小路《じんぼうこうじ》から密かに引っ越したときには、ここでの暮らしがいつまで続くのかと不安を感じないわけではなかった。田沼意次の手の者たちが昼となく夜となく見張り、常に、

「監視の眼」

を意識させられていたからだ。

「平助どの、見張られてはいないようじゃ」

「この二年余り、時折りくさ、様子の怪しげな担ぎ商いや物売りが姿を見せるばってん、田沼様も常時見張りを命じられておるわけではなかごたる。若先生方が戻られたらたい、また見張りをつけるとやろか」

平助が小首を傾げ、猪牙舟を大川に流れ込む堀の一つに入れた。平助の櫓《かし》さばきから見て、猪牙舟はどうやら今津屋御寮の持ち舟と思えた。

御寮の南側が堀に接しており、杭の上に橋板が張られた船着場があった。平助が手際よく小舟を着けた。

御寮には、隅田川と並行して流れる堀の水が引き込まれ、庭を回遊して泉水に入り、また外に流れ出て隅田川に合流する細流があった。この流れを利して小舟を御寮北側に着けることができる隠し水路があったが、この船着場は敷地を挟んで反対側に新設されたもののようだった。

「案内《あない》いたしますばい」

と小舟を杭に舫《もや》った平助が御寮へ案内しようとした。

磐音もおこんも南側から今津屋の御寮に入る道に覚えがなかった。

木戸口に気配を感じたか、人影が立ち、訝《いぶか》しげに吠《ほ》える犬の鳴き声がした。

「白山《はくさん》め、戸惑うておるわ」

と磬音が呟くと木戸が開き、腰が曲がった季助《きすけ》爺が白山の引き綱を手に立っていた。

「季助どの、戻って参った。永の留守番、ご苦労であったな」

磬音が声をかけると、

「若先生」

と声を絞り出した季助が腰から手拭《てぬぐ》いを摑《つか》み取るや、目頭に押し当てて咽《むせ》び泣いた。

磬音が季助の肩に手を置いた。かたわらからおこんが、

「季助さん、私どもの子、空也ですよ」

と空也の手を季助の腰に触らせた。すると、

「空也様」

と目頭に押し当てていた手拭いを外し、がばっと空也の体を両腕に抱いた。

空也は驚いた様子もなく、季助のなすがままに抱かれていた。

「白山、息災《そくさい》であったか」

尚武館佐々木道場の門番が季助爺なら、白山は番犬であった。

尚武館を追われたあと、今津屋の御寮に引き取られて、磐音とおこんの江戸不在を小田平助とともに守っていた。

磐音が腰を落として白山の顔を撫《な》でると、白山が甘えたように体を磐音にすり寄せてきた。

白山は、尚武館に道場破りに来た加賀大聖寺《だいしょうじ》藩元家臣の高瀬《たかせ》某《なにがし》らが連れてきた犬だ。立ち合いに敗《やぶ》れ、高瀬らが慌《あわ》てて道場から去るとき、置き去りにされて以来、尚武館の番犬として飼われていた。

「覚えておったか」

「白山は賢い犬です、私どもを忘れるものですか」

おこんが磐音のかたわらから白山の体を抱くと、くんくんと鳴いて尻尾《しっぽ》を振り回し、おこんにも体を寄せた。

「母上、だれの犬じゃ」

季助爺に抱かれたまま空也が尋ねた。その言葉に、はっとしたように我に返った季助が、

「空也様、尚武館の飼い犬にございます。空也様の犬にございますぞ」

とおこんに代わって答え、抱きしめていた両腕を緩《ゆる》めた。

「母上、空也の犬ですか」

「私どもの犬です。三年半余にわたり、小田様、季助さんと一緒に御寮を守ってきた身内です」

「そうか、空也の犬か」

空也が白山の首に抱きつくと、白山が顔を回して空也の顔を優しく舐《な》めた。

「くすぐったいぞ」

「空也、白山からの初の対面の挨拶です。これから宜《よろ》しゅうとお願いなされ」

おこんの言葉に、白山の首筋に巻いていた腕を外すと、

「はくさん、空也である。なかよくな」

と挨拶した。すると白山がまた空也の顔を舐めた。

「おこん、戻ってきたな」

「はい。江戸に戻って参りました」

再会の挨拶を新しい木戸口で済ませた一行は御寮の母屋に向かった。

磐音にもおこんにも敷地の南側の記憶が曖昧《あいまい》だった。

いや、知らない庭木があり、生垣《いけがき》の向こうに建物があるのは気配で感じたが、

磐音には覚えがなかった。とはいえ、尚武館から小梅村の御寮に引っ越して逗留した月日はわずかなこと、千三百余坪の敷地の隅々まで承知していたわけではなかった。

母屋の玄関に立ったとき、ようやく見覚えのある藁葺き屋根に出会った。

すでに季助が玄関土間に、湯を張った濯《すす》ぎ水の桶《おけ》を三つ用意してくれていた。

「季助がな、空也様の草鞋《わらじ》の紐を解かせていただきますぞ」

空也を上がりかまちに腰かけさせた季助爺が草鞋の紐を解き、小さな足袋《たび》を脱がせた。

空也は季助爺のなすがままに身を委《ゆだ》ねていた。

「おこん、そなたの草鞋はそれがしが解こうか」

「主様がやるべきことではございません」

おこんが慌てて両足を上がりかまちに寄せて拒んだ。

「そなたは大事な子を孕《はら》んでおる。身を屈《かが》めるのは大変であろう。まあ、亭主に任せておけ」

と言うと磐音は包平《かねひら》を腰から外し上がり座敷に置くと、身を屈めておこんの草鞋を脱がせた。

「長旅を世間では長い草鞋を履《は》くというが、いかにも長い草鞋であったな。何足草鞋を履きつぶしたことか」

磐音の言葉には深い感慨があった。

おこんの草鞋と一緒に磐音は足袋も脱がせ、季助が用意していた桶の湯におこんの足を浸して揉《も》みほぐし、旅塵《りょじん》を洗い流した。

手拭いを捧げた季助爺が、

「相変わらず、若先生とおこん様は仲のよいことですな」

「季助どの、養父上と養母上《ははうえ》には敵《かな》わぬ」

と答えた磐音が、

（そう、玲圓様、おえい様夫婦の足元にも及ばぬ。お二人は以心伝心で死を選ばれたのだ）

その覚悟がわれら夫婦にあるか、磐音は自問し気を引き締めた。

おこんの両足を洗い、手拭いで拭《ぬぐ》った磐音は、よしと自らに声をかけて立ち上がり、おこんと手を携《たずさ》えて上がり座敷に上げた。すでに空也もおこんのかたわらにいた。

最後に磐音が濯ぎ水で手足を洗った。

「若先生、おこん様、こん屋敷はお二人が出て行かれたときとくさ、いっちょん変わっちゃおらんもん」

「なんと、今津屋どのはこの三年半、この御寮をお使いにならなかったのでござるか」

「わしも季助さんも納屋《なや》に寝泊まりするでくさ、母屋は勝手気ままにお使いくれんねち、由蔵さんに何度も言うたたい。ばってん、主の吉右衛門様の命で御寮は若先生とおこん様が戻られるまでだれも手をつけてはならんち、言いなはるもん」

「なんと、今津屋どのはそれほどにわれらがことを気にかけておられたか」

磐音とおこんは改めて今津屋の心遣いに感じ入った。

「仏間の紙位牌《かみいはい》はそのままですか」

「家基様、佐々木先生とお内儀《ないぎ》様、それに若先生の朋輩《ほうばい》衆の位牌はくさ、お二人が出ていかれたときのままたい。わしと季助さんがくさ、毎朝代わりばんこにくさ、線香ば上げとったと」

「平助どのと季助どのに家基様、養父上方の位牌の面倒を見てもろうたか」

「大したことはなかもん」

と応じた平助が、

「ばってん、留守はつまらん。主なき屋敷の留守番はたい、徒然《つれづれ》なだけたい」

と洩らした。

「小田平助どのにはあれこれと世話をかけ申した」

「ちがうばい。わしの気持ちはくさ、若先生や門弟衆のおらんことが寂しかったと言いたかっただけたい」

「分かっております」

仏間はきれいに掃除がなされ、仏壇には灯明が灯《とも》されて、白菊が供えられていた。

磐音とおこんは仏間に入る前に旅装束を脱ぎ、空也の身なりはおこんが改めた。

仏壇には、大納言家基、養父玲圓と養母おえいの名を磐音自らが認《したた》めた位牌代わりの紙片と、旧友の河出《かわで》慎之輔《しんのすけ》、舞《まい》夫婦に小林琴平《こばやしきんぺい》の白木の位牌が残してあった。

「空也、この仏壇にはそなたの爺様婆様が眠っておられる」

「父上、空也のじじ様ばば様は生きてはおらぬのか」

「空也、そなたの爺様の名は佐々木玲圓と申され、直心影流の達人にして尚武館佐々木道場の主であった。そなたがもう少し大きゅうなった折り、父から玲圓様とお婆様おえい様の生き方と死に方を話して聞かせる。今は、爺様婆様に、坂崎空也にございますと挨拶いたせ」

「はい」

と返答をした空也は仏壇の前に座すと、鈴《りん》を鳴らして、

「じじ様ばば様、坂崎空也にございます」

と両手を合わせて挨拶し、

「なむだいしへんじょうこんごう」

と、古義《こぎ》真言宗高野山奥之院副教導室町光然老師から教わった言葉を幼い口で唱えた。

「爺様婆様に、よう挨拶と供養ができたな」

磐音は空也を褒めると、線香に火をつけて手向《たむ》けた。そしておこんが磐音に従い、線香を上げた。

(養父上、養母上、われら三人、江戸に戻って参りました)

心の中で磐音は短く玲圓とおえいに挨拶した。それ以上、なにを告げるべきか。

養父も養母も天上から衆生界《しゅじょうかい》を見下ろして、磐音とおこんらの来し方を、その

悩みも苦しみも楽しみも喜びも承知しておられると思った。

おこんもただ、

(玲圓様、おえい様、尚武館の後継を授かりました。空也をお二人の胸にお抱かせいたしとうございました)

と心中で語りかけた。

磐音はさらに、

(家基様、お久しゅうございます)

と心の中で呟いた。

(河出慎之輔、小林琴平、舞どの、われに力を与えたまえ)

と新たなる戦いに助勢を願った。

仏間を出た三人に季助が、

「夜旅で腹も減られたことでしょうがな、しばらくお待ちくだされ」

と願った。

磐音とおこんは、空也に御寮の様子を教えようと、庭に面した座敷に連れていき、障子を開いた。すると一間の縁側の向こうに泉水を中心とした庭が広がり、紅葉した木々の葉越しに隅田川の流れが望めた。

「御寮のお庭は、かように美しゅうございましたか」

「われらは家基様亡きあと、春先をこの御寮で過ごしただけじゃ。あの折り、家基様、養父上養母上を亡くした哀しみに、周りの景色に目がいかなかったと思える。今津屋どのはなぜ御寮を使われぬのか」

「磐音様と違い、私は今津屋の奉公人にございました」

「おお、忘れておった」

「その頃は、お艶様のお供でたびたびこの御寮に寝泊まりしたにも拘《かかわ》らず、私にはこの景色が初めてのように初々しく映ります」

「われら二人、共に心の眼では愛《め》でていなかったのではないか」

「いかにもさようかもしれません」

と答えるおこんに空也が、

「母上、池も庭も川もうちのものか」

「空也、この家は今津屋様の持ち物。ただ今私どもがお借りしているだけですよ」

「じゃがな、空也、心の持ちよう次第では、この屋敷がそなたのものとなり、ただ一時《いっとき》の仮の宿にも変わるのじゃ」

　空也は、磐音の言わんとしたことが理解がつかぬように父を見た。

「いささか難しい言い方をしたな。空也、そなたの生まれ在所はどこか」

「うばすての郷にございます」

「あの郷はそなたのものか」

「はて」

　と空也が小首を傾げた。

「われら、雑賀衆の厚意で姥捨の地に世話になり、そなたが生まれた。ゆえにそなたの生まれ在所は姥捨の郷である。郷や屋敷を持つ持たぬは大したことではないのだ。そなたが姥捨を愛《いと》しむようにこの御寮を思えば、この景色すべてがそなたのものとなる」

　空也がしばらく考え、言った。

「父上、ここは空也のものだ」

「それでよい」

　と磐音が答えたとき、おこんが、

「南側の、木々に埋もれてかすかに見える茅葺《かやぶ》き屋根は、私の記憶をどう手繰《たぐ》ったところで覚えがありません」

と呟いた。

「最前、あのかたわらを通り抜けたが、それがしも覚えがなかった」

と言うところに小田平助が白山を従えて姿を見せ、

「若先生、あん茅葺きにくさ、案内しとうございますばい」

と沓脱石《くつぬぎ》の上に草履《ぞうり》を揃《そろ》えた。白山はふだん人の少ない御寮に磐音たちが戻ってきたせいか、興奮の様子があった。

「それがしをですか」

磐音はおこんを振り返った。

「小田様がわざわざそのように仰《おっしゃ》るのです。そなた様に縁がある家にございましょう。私と空也は白山と遊んでおります」

おこんの返答に、磐音は縁側から沓脱石の上の草履を履いた。

平助は泉水の縁を通り、見覚えのある紅葉した古木のかたわらに入った。繁った林の中を行くと竹林に変わり、その先に茅葺き屋根の裏口が見えた。

「若先生、昔はこの辺から先が隣家にございましたもん」

「隣家じゃと。今津屋どのが隣家を購《あがな》われたということか」

「いかにもさようたい。隣家の爺様が亡くなってくさ、だれもこの屋敷ば継ぐ人がおらんちゅうてたい、親戚の人がくさ、今津屋に買《こ》うちくれんねと相談に来たとが、一年ちょいと前やったやろうか。それを聞いた旦那《だんな》がたい、敷地三百何十坪と茅葺き屋根の家ば買いなさったとたい」

「ほう、御寮の領地はいよいよ広がったか」

平助は家の横手を抜けて、最前磐音たちが小舟から下りた船着場近くの堀端に出た。堀の西側を隅田川が流れ、浅草寺《せんそうじ》の五重塔が望めた。

茅葺き屋根の家には長屋門が付いていたと見えて、母屋とともに長屋門も手入れがなされた跡があった。

「若先生とおこん様が江戸を発《た》たれた折り、季助さんとわしが納屋に住もうておったことを覚えておられましょう」

「むろん覚えております」

「ただ今は、わしと季助さんはこの長屋に厄介《やっかい》になっとるたい」

「ほう」

堀端を長屋門へと、平助は磐音を案内した。

長屋門の下に白山の小屋が見えた。

「今津屋どのはこの家をなににお使いになるつもりか」

「若先生、こちらに来てくれんね」

長屋門を潜ると、百姓家の玄関は手入れがなされ、武家屋敷風に変えてあった。

磐音は凝然と玄関軒下に掛けられた扁額《へんがく》を見た。そこには見覚えのある、

「尚武館道場」

の五文字があった。

四

安永五年（一七七六）、佐々木玲圓は傷《いた》んだ佐々木道場を改築及び増築することを決意した。その折りのことだ。普請《ふしん》中の敷地地中から大小二つの甕《かめ》が発見され、また埋もれ木の板が見つかった。

この大規模改修は今津屋吉右衛門らの大きな助力があってできたことだ。また吉右衛門は佐々木道場の改築祝いとして扁額を贈ることを考え、銘木店飛驒屋《ひだや》に注文した。その扁額を掲げる道場玄関を下見に来た飛驒屋の番頭が、泥に塗《まみ》れて

木陰に積んであった埋もれ木を見て、

「これは銘木中の銘木」

と認めたために、佐々木道場の土地から発見された埋もれ木を扁額の材に使用することになった。

埋もれ木に揮毫《きごう》する人物として玲圓は、東叡山寛永寺円頓院座主《とうえいざんかんえいじえんどんいんざす》天慧《てんけい》に願うこととし、その席に磐音も同道した。

「尚武館道場」

の扁額はこうして修補なった道場玄関に掲げられた。だが、数年後、尚武館佐々木道場が田沼意次の命で召し上げられ、磐音らは引っ越しを余儀なくされた。その折り、密かに今津屋の御寮に持ち込んでいたものだ。

磐音は三年有余ぶりに扁額を見ていた。

天慧に揮毫を願ったとき、天慧は玲圓に剣のかたちを見たいと所望し、玲圓と磐音の真剣勝負さながらの打ち合いを見物した後に、気迫の籠《こも》った五文字を何枚も書いた。その中から雄渾《ゆうこん》にして剛毅、さらに高貴さの加わった一枚を老師が選んだことや、柿落《こけらお》としの模様など、あれこれ磐音の脳裏に扁額にまつわる思い出が駆け巡った。

「平助どの、この家に扁額を掲げたとは、またどうした謂《いわ》れでござるか」

「若先生、家に上がらんね。自分の家たいね、なんの遠慮が要《い》ろうばい」

平助に誘《いざな》われて磐音が式台に上がると、平助が廊下の向こうに立てられていた板戸を静かに押し開けた。

古い百姓家を増改築した板間七、八十畳ほどの広さの道場が見えた。そして、板の間に稽古着《けいこぎ》姿の門弟十人ほどが平伏して磐音を迎えた。

息を呑《の》んだ磐音に一人が面を上げて、

「江戸へ、尚武館へ、ようこそお戻りなされました」

と挨拶をなした。

尚武館佐々木玲圓道場の師範を長らく務めていた依田鐘四郎《よだかねしろう》だ。

会釈《えしやく》を返した磐音は廊下に静かに座し、

「師範、ご一統、坂崎磐音、ただ今江戸に帰着いたしました。永の不在、迷惑をおかけ申しました」

としみじみと労《ねぎら》いの言葉で応じた。すると残りの門弟らが顔を上げた。

磐音は一人ひとりと眼を見交した。

糸居三五郎《いといさんごろう》がいた。根本大伍《ねもとだいご》の顔が見えた。さらに田村新兵衛《たむらしんべえ》と、みな玲圓時代の高弟だった。さらに辰平や利次郎と同輩の若い門弟、田丸輝信《たまるてるのぶ》、坂崎遼次郎《りようじろう》、神原辰之助《かんばらたつのすけ》らに加えて、少年の面立ちを残した速水左近《はやみさこん》の子息の杢之助《もくのすけ》、右近《うこん》兄弟もいた。

磐音は一人ひとりに会釈しつつ、無言の裡《うち》に、尚武館後継として勤めを怠った永の江戸不在を詫《わ》びた。

「坂崎磐音様、新たなる尚武館坂崎磐音小梅道場をとくとご覧くだされ」

と鐘四郎が言った。

「拝見いたそう」

磐音は立ち上がると、備前《びぜん》包平を手に道場に入った。

道場は一見、鹿島《かしま》の米津寛兵衛《よねつかんべえ》道場に似ていた。百姓家を利用した点で雰囲気が似通ったのだろう。だが、天井を外し、大黒柱を四隅に移動させ、さらに四周の壁、棟、梁《はり》、床下の根太《ねだ》、床板を強固にして、広さ七、八十畳分の道場板間を設けてあった。北を背に神棚と三畳ほどの見所《けんぞ》があり、さらに東側の縁側を残して見物席と門弟の控えの場を設えてあることなど、米津道場とは比較にならぬほど手入れがなされていた。

今津屋が磐音の帰着に合わせて隣家を買い取り、再興尚武館の拠点としたのは明白だった。

磐音は見所下に座すと武神を祀《まつ》った神棚に向かい、しばし瞑目《めいもく》した。気を鎮めた磐音は両眼を開くと、三礼三拍手一拝をなした。するとそれに依田鐘四郎以下の面々が和してくれた。

ゆっくりと改めて門弟衆に対面した磐音が微笑《ほほえ》んだ。

「まさか尚武館道場が江戸に待っていようとは。さらに依田どのら旧知の面々がお待ちになっておろうとは、坂崎磐音、感激で言葉もござらぬ。そなたらの厚意に応えるとしたら、亡き養父佐々木玲圓が伝えられてきた直心影流の精神と技を誠心誠意継承し、そなたらに伝えることに尽きよう。坂崎磐音、もはやなにがあろうと江戸を離れることはござらぬ。どのような危難からも逃げはせぬ」

と力強く宣告した。

依田鐘四郎が大きく頷《うなず》き、

「坂崎磐音様、尚武館坂崎道場の新たなる出立《しゆつたつ》、そして佐々木道場の再興、祝着《しゆうじやく》至極《しごく》にございます」

「師範、ご一統、言葉もござらぬ」

と磐音の顔に大きな笑みが広がった。

「ふうっ」

と大きな息を吐いたのは速水右近だった。

「これは失礼をいたしました」

声変わりの最中か、大人とも少年ともつかぬ声と口調で詫びた。

「右近どの、いくつになられた」

「十六になりました」

ということは兄の杢之助は十八歳だ。

「父御《ててご》は未だ甲府勤番であられようか」

「はい」

将軍家治の御側御用取次《おそばごようとりつぎ》という重職を務めていた速水左近は田沼意次に嫌われ、俗に、

「山流し」

と旗本の間で敬遠される甲府勤番を命じられ、江戸を離れさせられていた。

「ご苦労の多いことであろう、心中お察し申す」

「われら兄弟、父にしばしば書状を送り、若先生とおこん様の間に嫡男《ちゃくなん》空也様がお生まれになったことなど逐一書き送っております。父からも返書が届き、磐音

様に、いえ、若先生とそのお子に会いたいと切々とした気持ちが記されておりました」

「速水左近様ほどの優秀な人材を家治様のお側から遠ざけるなど、なんと愚かな策を講じられたものか」

と応じた磐音の語調に怒りがあった。そのことに自ら気付いた磐音は、

「いささか激してしもうた。すまぬ」

と一派を率いる者として平静を失いかけたことを詫びた。

磐音は遼次郎を見た。遼次郎は、磐音の妹伊代《いよ》が嫁いだ井筒《いづつ》源太郎《げんたろう》の弟で、嫡男の磐音が坂崎家を離れたことで、養子として遼次郎が坂崎家に入り、その姓を変えていた。

「坂崎家はどうか」

「養父上養母上ともに息災にございます」

「遼次郎どの、そなたに両親の世話をかけることになり、相すまぬと思うておる」

「義兄上《あにうえ》、なにを仰いますか。われらすでに一族にございます」

「兄弟の間柄となったか」

磐音は微笑を漂わせた顔で何度も頷いた。

「ご一統、一人ひとりに礼を申し上げたい。じゃが、剣者の挨拶は竹刀《しない》を交えることが本義。稽古をいたそうか。そのうちに、松平《まつだいら》辰平も重富《しげとみ》利次郎も霧子も戻ってこよう」

磐音の言葉に、

「わあっ！」

と輝信らが沸いた。

磐音は改めて神棚に拝礼すると、壁に掛かっていた竹刀をとった。

「師範、相手を願おう」

磐音は依田鐘四郎に相手を命じた。

尚武館の後継たる磐音が江戸不在の間、散り散りになった旧尚武館の門弟衆を繫《つな》ぎ止めていたのは、小田平助や今津屋の由蔵らとともに依田鐘四郎と察していたからだ。

「それがしが一番手にござるか」

「師範、貫禄《かんろく》が付いたように見えますな」

依田家に婿養子に入った鐘四郎は西の丸家基のお側に仕えていたが、家基の死の直後に職を解かれていた。

「それがし、近頃小納戸《こなんど》衆を命じられ、いささか稽古から遠ざかっておりますれば、若先生のお相手が務まるかどうか」

「いえ、師範は養父玲圓の指導のもと、師範を務められたお方。道場で打ち込みをするばかりが稽古ではございますまい」

「そうでもございましょうが」

と言いつつ、鐘四郎が竹刀を携えて道場の中央に向かった。

他の門弟衆が縁側に移り、久しぶりに磐音と鐘四郎の稽古に見入った。

一間で礼を交わした二人は相正眼《あいせいがん》に竹刀を構えた。

その瞬間、鐘四郎も見物の門弟も、磐音の構えが悠揚《ゆうよう》迫らぬ自在さを有していることを感じ取った。ただそこに流れを見下ろす巨壁があるように、静かに在《あ》った。

意識して威圧し脅迫しているわけではない。何千年何万年も前から流れの縁に在るように、ただ静かに立っていた。

「義兄上」

遼次郎が思わず洩らした。大きい、想像もつかぬほどに義兄は大きい、と遼次郎は思ったのだ。

「いざ」

と磬音が誘い、鐘四郎が磬音にぶつかっていった。

鐘四郎とて佐々木道場の古参の門弟にして玲圓の薫陶《くんとう》を受けた一人だった。すでに磬音が苦難の道中にあって、

「変化」

していることを察していた。田沼派の刺客たちの襲撃を打ち破り、身内を守るための戦いが磬音を成長させたことを、対面した途端に実感した。

(玲圓先生の再来か)

鐘四郎の胸中にその考えが走ったが、

(違う、若先生は玲圓先生ではない)

と思い直した。

だが、そのような考えを浮かべたのは一瞬のことだった。無心で踏み込みつつ磬音の面を打った。後に鐘四郎は、尚武館坂崎道場での初稽古の第一撃として腰が据わったいい踏み込みであり、面打ちであった、と回想することになる。

磬音が不動の体勢で竹刀を使った。

ふわり
と舞扇《まいおうぎ》でも使ったように、微風が吹いた。

その瞬間、鐘四郎の竹刀が横手に流れて腰が浮き上がっていた。一瞬にして構えと動きが崩されていた。

鐘四郎のその後の動きはちぐはぐで、

「あれ以降は蛇足《だそく》だったのう」

と対決のあとに慨嘆《がいたん》したものだ。

ともかく必死で磐音に挑み、そよりふわりと跳ね返された。

どれほどの時間が経過したか、
どすん
と鐘四郎が自ら尻餅《しりもち》をつくように板の間に崩れ落ちた。

「情けなや。再興なるべき尚武館坂崎道場において、最初に板の間に崩れ落ちたは、この依田鐘四郎か。師範、老いたり。駄馬《だば》にも等し」

と嘆く声に、廊下のほうから若い声が応じた。

「失礼ながら依田鐘四郎師範の嘆きを、われらは毎日感じさせられて過ごして参りましたぞ」

見物していた門弟たちが声の主を振り返った。そこに松平辰平と重富利次郎の姿を見て、

「おおっ、辰平と利次郎が戻って参ったぞ」

「こやつら、一段と体が大きゅうなっておらぬか」

「武者修行の腕前を確かめん」

輝信や辰之助らが興奮した声で口々に応じた。

二人は急ぎ旅装を解くと、道場の敷居を跨《また》ぐ前に神棚と一統に一礼し、

「松平辰平、五年の武者修行を終え、ただ今尚武館に戻りましてございます」

「同じく重富利次郎、国許《くにもと》高知城下に滞在のあと、若先生、おこん様の道中に馳《は》せ参ぜんと紀伊領内某所にて合流し、不肖ながら苦難の旅の助勢いささかなりとも果たし、辰平と同道し、かようにも無事江戸に帰着してございます」

とそれぞれが挨拶した。

「辰平どの、利次郎どの、われら一家の身代わりの品川さん、お有どのに末吉どのには、怪我《けが》一つなかったであろうな」

「ございませぬ。品川様は兄様の家に末吉どのを送っていかれ、後ほどこの小梅村に参られます」

　と利次郎が答え、

「それはよかった」

　と磐音も安堵《あんど》した。

「辰平、利次郎、よう戻った。しっかりと若先生方のお役に立ったであろうな」

　と未だ道場の真ん中に胡坐《あぐら》をかいたままの鐘四郎が弟子に尋ねた。

「師範、お役に立ったかどうか、若先生がご判断なさることにございましょう。不肖重富利次郎、足手まといにならずばよかったがと常々反省しておるところにございます」

　とぬけぬけと利次郎が言い、

「こりゃ、なにも変わっておられぬようだ。少なくとも利次郎さんに関してはそう思うしかございませぬな」

　辰之助が輝信に小声で話しかけた。

「辰之助、そうそう人間の気性が変わってたまるものか。どうだ、一手稽古を願えぬか」

　と利次郎が誘い、

「よし、それがしは辰平の腕を見たい」

と輝信が願った。

辰平に異存があるはずもなく、旅から戻ってきたばかりの二人と、江戸で留守役を務めた二人が竹刀を手に向かい合った。

磐音は霧子が姿を見せたのを目に留めた。

「別道中の品川柳次郎様を除いて、皆様御寮にお戻りにございます」

と告げた。

「ご苦労であったな、霧子」

と磐音は霧子の長い供を労った。

「いえ、師匠の弥助様ともども楽しい道中にございました」

「新たな暮らしが始まる。まさか江戸にかような道場まで用意されていようとは思いもせぬことであった。江戸の方々にどう感謝してよいか、それがし、言葉を持たぬ」

頷いた霧子が、利次郎と神原辰之助の対決の様子にちらりと目をやり、

「母屋に戻ります」

と立ち合いの結末も見ずに去ろうとした。

「由蔵どのと金兵衛どの、幸吉も一緒か」

「いえ、まだにございます。由蔵様方は六郷土手から駕籠で先行されたのでございますが、私たちは品川宿より舟を雇ったところ、風向きも潮の加減も頃合いで、どうやら駕籠組より早く到着したようにございます。由蔵様方が到着なされましたらすぐにお知らせいたします」

　と言い残して霧子が道場から消えた。

　磐音は道場の二組の立ち合いに視線を戻した。

　田丸輝信も神原辰之助も期せずして同じ構えをとっていた。正眼に竹刀を構えつつも、踏み込むことを躊躇《ためら》っていた。

　霧子が一目で見抜いたように、指導者なき江戸で数年を過ごした者と、自ら武者修行を志願し、真剣勝負を経験してきた者との差が歴然と見えた。

「これ、輝信、辰之助、そなたら、すでに気迫で負けておる。立ち合いで心身を竦《すく》ませておる。勇気を奮って攻めぬか。相手は同門の人間じゃぞ」

　と道場の端に下がった依田鐘四郎が叱咤《しった》した。

「はっ、はあ」

　と輝信が首を捻《ひね》った。

　その瞬間、利次郎が踏み込むと電撃の面打ちを対戦者に叩《たた》き込み、その場に押し潰されるように辰之助が尻餅をついた。

輝信はこの隙《すき》を突いて辰平に攻めかけた。

辰平は余裕を持って受け、輝信に攻めさせた。

（よし）

と手応《てごた》えを感じとった輝信がしゃにむに連続技を繰り出したが、辰平は長身と長い腕を利して相手の攻めを受け流した。

（なにくそ）

輝信がさらに嵩《かさ》にかかって攻め立てた。だが、辰平は身じろぎもせず、輝信の体の乱れを待って内懐《うちぶところ》に呼び込み、
がつん
と手痛い反撃を額に見舞うと、輝信の体がくらくらとして意識を失った様子があった。

辰平はすすっと寄ると倒れかかる輝信の体を支え、軽々と抱えると縁側に運んでいった。その様子を鐘四郎らは茫然自失《ぼうぜんじしつ》して見ていたが、

「師がおらぬとかようにも差がつくか」

と呟き、

「師範、一から出直しにございます」

と磐音が応じた。

第二章　一同再会

一

六郷の渡しまで一行を出迎えに行っていた由蔵、金兵衛、さらに幸吉の三人が今津屋の御寮の門に姿を見せたとき、母屋から騒がしい胴間声《どうまごえ》が響いていた。六郷土手から駕籠で出たはいいが、道を知らない駕籠かきにあたり、小梅村に到着したときには、陽《ひ》は西に傾き始めていた。

「まあ、身内が一人半増えて、無事に江戸に戻ってきたのじゃ。祝着至極、大いによしとせねばなるまいて。のう、幾代様《いくよさま》」

「武左衛門《ぶざえもん》どの、たまにはよいことを申されますな」

孫のおいちを抱いた品川家の刀自《とじ》が珍しくも穏やかに武左衛門に応じる声がし

て、

「それにしてもおこんさんといい、品川家の嫁といい、なぜこうも同じ時期に腹がふくれおったか。やはり女子は楚々《そそ》とした娘がよいのう。うちのやつときたら四人もひりだしおって、もはや女ではないわ」

「これ、武左衛門、ちと褒めると増長しおって、そこへ直れ。幾代が成敗してくれん。わが子を産んだ女房を蔑《さげす》むような言辞を弄して、そなたの根性は一向に変わっておらぬな。最前褒めたことを撤回しますぞ。この幾代が自慢の筑紫《ちくし》薙刀《なぎなた》でそなたの素《そ》っ首《くび》……」

「叩き斬《き》ると言われるか。この武左衛門が女を蔑んだなどあろうはずもない。若《わこ》うて見目麗《みめうるわ》しい女子なれば、それがしにとって天女様じゃぞ、神様仏様より崇《あが》めておるぞ」

「神様仏様と軽々しくも持ち出して、ならばこの幾代はいかがです」

「幾代様がどうかと問われるか。もはや女の口には入るまい」

「おのれ、武左衛門め、許せぬ。そこに直れ」

　と幾代が叫ぶおなじみの二人のやり取りが表まで聞こえてきた。

　そんな会話を耳にしながら三人が玄関に歩み寄ると、上がりかまちにちょこちょこと小さ刀を差した男の子が独り姿を見せ、訪問者を眺めた。

「空也様ではないか」

と幸吉が呟き、由蔵も、

「おおっ、空也様に間違いない。面《おも》ざしが磐音様にもおこんさんにも似ておられますよ」

とふらふらと空也に歩み寄ろうとしたが、はっと気付いて動きを止め、金兵衛を振り返った。

金兵衛は空也が姿を見せた瞬間、金縛りに遭《あ》ったように体を硬直させ、空也を凝視していた。

「金兵衛さん、おこんさんの子、そなたの初孫ですよ」

と由蔵が金兵衛に抱く順番を譲った。だが、金兵衛にはその由蔵の親切な言葉が耳に入らないらしく、身を竦めたままだ。

「ほれ、金兵衛さんよ、おまえ様の空也様だぜ。ぼうっと突っ立ってるとおれが攫《さら》っちまうぜ」

「だ、だれが空也を攫うって」

幸吉の言葉に呪縛が解けたようによろよろ空也に歩み寄り、

「く、空也か、坂崎空也様かえ」

と声を絞り出した。

そのとき、空也が金兵衛を見て、

「じいじい」

と洩らすと、

「おうおう、わしが爺様と分かったか。おこんの子だな、坂崎空也だな、ようもできました。無事に江戸に来られたな」

と叫んだ金兵衛が空也の体をひしと抱いた。

「じいじい、痛いぞ」

「おお、悪かった。爺が強く抱きしめてしまったな、空也、いくつになった」

「三歳にあいなるぞ」

「武士の子だね、三歳に相成るぞ、ときたもんだ」

と草履を跳ね飛ばした金兵衛が玄関座敷で空也に、

「爺に負ぶわせてくれ」

と願うと、空也がこっくりと頷いた。

「金兵衛さんよ、一人身さえままならないのに、空也様を負ぶうと危ないぜ」

「幸吉、なにをぬかすか。この金兵衛、歳はとってもまだまだ孫を負ぶうくらいできるわ」

と抱いていた腕を解き、懐《ふところ》の豆絞りの手拭いを出すとくるくると巻いてねじり鉢巻きにして、両手を擦り合わせて気合いを入れると背を空也に向けた。

空也が迷ったように由蔵を見た。由蔵の眼も潤んでいたが、

「空也様、金兵衛さんはそなたにひと目会わんと、背に米を背負《しょ》って足腰を鍛えてこられたのですよ。背に縋《すが》っておやりなされ」

と勧めた。

こっくりと頷いた空也を負ぶった金兵衛を、幸吉がかたわらで介添えをして立たせた。

「おお、これが孫の温《ぬく》もりか、重さか」

満足げに微笑んだ金兵衛が、

「空也じゃ空也じゃ、わしの孫の坂崎空也が江戸にやってきたぞ！」

と叫ぶと、玄関座敷から大勢の訪問者の気配がある御寮の広間に向かった。

そのとき、磐音は尚武館道場から母屋の縁側に戻ってきて、沓脱石に足をかけたところだった。

広間には木下一郎太《きのしたいちろうた》が瀬上菊乃《せがみきくの》を伴って笑みを浮かべ、武左衛門や品川柳次郎とお有、おいちを抱いた幾代、さらには地蔵《じぞう》の竹蔵《たけぞう》親分が磐音を迎えた。

「ご一統様、永の不在を」

と縁側に上がって帰京の挨拶をしかけたところに、空也を負ぶって幸吉に付き添われた金兵衛が、

「神輿《みこし》じゃ、わっしょい。坂崎空也様のお練りじゃぞ。わしの孫のお通りじゃぞ、わっしょいわっしょい」

と賑《にぎ》やかにも姿を見せた。

「おお、舅どの」

と磐音が声をかけると、

「お父っつぁん、どてらの金兵衛さん、そう張りきると腰を痛めるわよ」

とおこんが注意した。

「腰なんか痛めたって、どうってことはねえや。おこん、おめえの口は相変わらず減らねえな。あらよ、もうひと回りだ」

と座敷を回る金兵衛が由蔵の前でぴたりと止まり、

「老分《ろうぶん》さん、わしにとっても孫なれば、おまえ様にとっても孫同然の空也だ。抱

いてくれませんかえ」

と背の空也を由蔵に差し出した。

「おお、金兵衛さん、私が爺様ですと。私はまだまだ金兵衛さんよりだいぶ若うございますがな」

と言いながらもひしっと空也を両腕に抱きかかえ、なんと、
おいおい
と声を上げて、江戸の両替商六百余軒を束ねる今津屋の大番頭が泣き出した。

「おっ魂消《たまげ》た。金兵衛さんばかりか由蔵さんまで男泣きだ。爺は孫に弱いというたものじゃ。尚武館の若先生一家の江戸帰着祝いで、酒でも出るかと参ったが、爺様二人の涙では酔おうにも酔えぬな」

と武左衛門がぼやいたところに、どこからともなくぷーんと香ばしい蒲焼の匂いが漂ってきた。

「しめた、宮戸川からの出前だ。今津屋の御寮だ、酒くらいあろう」

と言うところに、輝信ら門弟が四斗樽《しとだる》を縁側にでーんと据えた。

「武左衛門さん、酒はいかにも今津屋様からあらかじめ届けられていたものじゃぞ。本日はお祝いじゃ、体に相談しながら飲みなされ」

依田鐘四郎が笑いかけた。

「よおし、本日は浴びるほど飲むぞ」

と武左衛門が腕まくりをすると、そこへ娘の早苗《さなえ》が登場し、

「父上の酒は一合までにございます」

とぴしゃりと言った。

早苗は尚武館佐々木道場が神保小路にあった頃、佐々木家に行儀見習いで奉公していた。だが、佐々木玲圓夫婦が亡くなり、尚武館が閉じられて拝領地を幕府に返却したあと、奉公先を失った早苗を深川名物鰻処宮戸川の鉄五郎《てつごろう》親方が引き取ってくれた。

そんな早苗が、宮戸川の鉄五郎親方らと一緒に蒲焼の出前を舟で届けたところだった。

「おい、そのような薄情があるか。娘が女房と同じような口をいつから利《き》くようになった」

「老いては子に従えってね」

と幸吉が言うのへ、

「金兵衛さんや今津屋の老分といっしょくたにされてたまるものか」

「そうかねえ。おれの目から見りゃ、武左衛門の旦那もどてらの大家とおっつかっつだがな」

「おのれ、幸吉。ぬかしおったな、その場に直れ。この竹村《たけむら》武左衛門が刀の錆《さび》にしてくれん」

お仕着せの半纏《はんてん》の腰を探った。だが、とっくの昔に武士を諦《あきら》め、安藤《あんどう》家の中間《ちゆうげん》として奉公替えしていた。腰に刀があるわけもない。

「ほれ、老いたということは己が見えないってことだ。旦那、しっかりと地に足をつけてねえと早苗さんに嫌われるぜ」

「うーん、幸吉め、わしに説教をしおって」

「ほれ、武左衛門どの、広間の真ん中にでーんと座っておりますとな、邪魔にございますよ。それぞれが持ち寄った馳走《ちそう》が運ばれますでな、どきなされ」

幾代に言われた武左衛門がのそのそと縁側の磐音のもとに寄り、

「よう戻った」

とぶっきらぼうに言った。

「武左衛門どの、そなたがおられればこそ、江戸の知り合い方が和《なご》やかに暮らすことができました。坂崎磐音、このとおり礼を申します」

と磐音に頭を下げられた武左衛門が、

「士は己《おのれ》を知る者のためにとはよう言うたものじゃ。さすがは尚武館佐々木道場の後継に一時《いっとき》だが就いた男よのう。わが厚き志を理解しておるわ」

武左衛門が相好《そうごう》を崩した。

「武左衛門様、お久しゅうございます」

磐音のかたわらから利次郎が挨拶した。

「うーむ、そなた、でぶ軍鶏《しゃも》か」

「いかにもその昔、でぶ軍鶏と呼ばれていた佐々木道場のひよっこ門弟にございます」

「ほう、自覚をしておるか。旅をしていささか成長したと見ゆる」

「ありがたきお言葉、礼を申します」

「そなた、なんぞこのわしに注文がありそうな顔をしておるな」

「いかにもさようです」

なんだ、という顔で武左衛門が利次郎を睨んだ。

「若先生は佐々木玲圓先生のご遺志を受け継がれた唯一人の後継にございます。一時たりともそのご遺志を放棄なされたことはございません」

「とはいえ、佐々木大先生は割腹《かっぷく》して死んだ。尚武館は召し上げられ、あまつさえ道場の建物そのものが取り壊されて、ただ今は日向鵬齊《ひゅうがほうさい》なる旗本の屋敷が建っておる。それでは尚武館佐々木道場の実体があるまい。つまりは佐々木の姓すら捨てて、坂崎磐音に立ち返り、われら三人が会《お》うた明和《めいわ》九年（一七七二）に戻っただけではないか。あと残るは若先生という呼称くらいか。坂崎磐音にとってこの十年は無益ということになる」

「いいえ、若先生はおこん様を娶《めと》られ、空也様が誕生し、かくの如く大勢の知り合い、友を得られ、また数多《あまた》の経験も積まれました。門弟のそれがしが申すのも僭《せん》越《えつ》ながら、十年前の坂崎磐音様とただ今の坂崎磐音様ではまったく別の人物にございます」

「利次郎、若いのう。経験など屁《へ》のつっぱりにもならぬわ。人間はのう、身分があってこそ遇されるものよ。尾羽《おは》打ち枯らしたわが身を見よ」

「武左衛門様には得がたき友が、坂崎磐音様、品川柳次郎様、木下一郎太様など多くおられるではありませんか。また実の母親より厳しくも温かい眼差《まなざ》しを向けられる幾代様もおられます」

「へっ、品川親子などなんの役に立つ」

「父上、なんということを。ただ今の仕事、どなた様のお口添えで一家が奉公できているとお思いですか」

と早苗が叫び、言い過ぎたと慌てた武左衛門が、

「まあ、これは言葉のあやでな、坂崎磐音も一介の素浪人から出直しかと言いたかっただけなのだ、早苗」

「武左衛門さんたい、それが勘違いたいね」

小田平助の長閑《のどか》な声が会話に割って入った。

「勘違いとはなんだ」

「ほれ、あん庭の南側の茅葺きの屋根を見らんね」

「なんだ、百姓家の屋根がどうかしたか」

「尚武館坂崎磐音道場にございますばい」

「なに、あの家が直心影流尚武館道場と言うか」

と武左衛門が磐音を見た。

「つい最前見せてもらいました。江戸におられる方々の御親切により、尚武館道場がこの地に再興なりました。明日よりわれら、あの道場を拠点に、引き続き剣の道を志《こころざ》します。武左衛門どのがご奉公の陸奥《むつ》磐城平《いわきたいら》藩安藤家は近間《ちかま》ゆえ、時折

り稽古においでください」

「若先生、馬鹿を申せ。この歳になって剣術の稽古などできるものか」

と応じた武左衛門が、不意に気付いたように早苗の顔を見た。

「そなた、三年前まで尚武館に行儀見習いで奉公しておったな。こうして坂崎磐音が戻った。浪人とは申せ、まあ、この御仁には今津屋が後見に控えておるでな、給金が滞《とどこお》ることもあるまい。宮戸川を辞めて尚武館に戻るか」

「父上」

と早苗が叫んだ。

「あっはっは」

と笑い出したのは鉄五郎親方だ。

「武左衛門さんらしいや。いかにも早苗さんは一時うちがお預かりする約定でございましたね。こうして若先生が戻ってこられ、空也様がお生まれになって次のややこが腹におられるようだ。親父様に催促されていささかきまりが悪いが、若先生、おこん様、どうしたもので」

鉄五郎が言い出した。

「親方、親御様からのまさかの掛け合いでかような話になりましたが、それもこれも早苗さん次第です」

おこんが早苗を見た。真っ赤な顔をした早苗が、

「親方、おこん様、父をお許しください」

と詫びて武左衛門のもとに詰め寄った。

「父上、物事にはすべて順序がございます。こたびのことも、鉄五郎親方の侠気《おとこぎ》と寛大なお心によって私は宮戸川に奉公した経緯《いきさつ》がございます。まず何事も親方にご相談し、お考えを伺ってから話を先に進めるのが世の中の仕来《しきた》りにございます。それを父上は思い付きでなにごとも口になされ、親方のご親切を無にしたばかりか、娘の私を辱《はずかし》めたのですよ。私はもはや宮戸川にもこちらにも奉公できません」

早苗の血相が変わっていた。

「なんだ、わしは娘のことを思えばこそ言うたまでじゃ。それをな、小田平助どの、わしがまるで馬鹿みたいではないか」

平助に矛先《ほこさき》を振った。

「ふわっふわっふわっ」

と笑った平助が、

「まるで世の中さかさまのごとあるばい。こん親父様も傑物なれば、早苗さんもくさ、立派な娘さんたいね。まあ、こん平助が考えるところ、うちの若先生とおこん様がたい、小梅村に落ち着かれてくさ、それからゆっくりと考えてんよかろうと思うが、早苗さん、どげんな」

「小田様の仰るとおりにございます」

早苗が武左衛門をひと睨みして台所に手伝いに下がった。

「ふうっ」

と武左衛門が溜息《ためいき》を吐き、

「女子《じょし》と小人《しょうじん》とは養い難しというが、真にもって扱い難いわ。小田平助どの、そなたは独り身でよかったぞ。かような親の苦労はせんで済むからな」

「親の心子知らずと申しますが、こちらに限っては子の気持ちを父親は全く分かっておられませぬな。私が日頃からあれほど言い聞かせておるのに、この御仁には馬の耳に念仏です」

と幾代も嘆息した。

恨めしそうな顔を一郎太に向けた武左衛門が自ら話題を変えた。

「木下の旦那、隣の女人《にょにん》はだれじゃ。まさかそなた、厄介にも所帯《しょたい》を持とうなどというのではあるまいな」

「こんどはこちらに関心を示されたか」

と笑った一郎太が、

「坂崎さん、おこんさん、よう江戸に戻られました」

と再会の言葉をかけると、おこんが、

「菊乃様、お久しぶりです。武左衛門様ばりにこんがお節介をいたします。いつですか、瀬上から木下姓に変わられるのは」

「おこん様、この冬に八丁堀《はっちょうぼり》の組屋敷で内々《うちうち》に祝言《しゅうげん》を挙げることに決まりました」

「それは、おめでとうございます」

「われらの祝言の席に坂崎さんとおこんさんをお呼びしたいのですが、ぜひ出てください」

「木下どの、われら、品川家の仲人《なこうど》を約しながら反故《ほご》にした経緯《いきさつ》がございます。こたびは必ずやお祝いに出ます」

と磐音が約束したとき、帰着祝いの料理があれこれと運ばれてきた。

二

磐音は七つ（午前四時）の刻限に起きると、おこんが用意してくれていた稽古着を手に、寝巻のまま湯殿に向かった。湯船に張られた水を桶で掬《すく》うと、肩から何杯もかけて身を清めた。

長い旅路の疲れと汚れを落とす儀式だった。

稽古着に着替えた磐音は、御寮の玄関から尚武館坂崎道場に向かうため庭に出た。

隅田川の水を引いてあるために池の水が音もなく動いている気配が窺えた。その池の端を南西側に半回りすると、敷地を回遊した流れが小川になって尚武館道場の前に掘られた堀に流れていく。

小川の上に石橋が架《か》かり、磐音はその橋を渡ると、元々の御寮の敷地と、かつて隣家だった尚武館の間にある紅葉した古木のかたわらから、竹の林を抜けた。

尚武館道場にはすでに人の気配があって、床を雑巾《ぞうきん》で拭う掃除の音がしていた。

昨日の磐音らの帰着を祝う宴は、内々のはずであった。だが、浅草聖天町《しょうでんちょう》の三味線《しやみせん》造りの名人鶴吉《つるきち》一家が加わり、なんとも賑やかなものになった。

その宴も武左衛門がわずかな酒に酔い潰れた五つ半（午後九時）前にはお開きとなり、金兵衛だけが一夜、空也の布団のかたわらに布団を敷きのべて泊まった。

むろん松平辰平、重富利次郎、弥助の三人は尚武館の長屋に泊まり、小田平助、季助に加えて賑やかな住み込みの陣容ができた。

辰平と利次郎は今日の稽古が終わったあとにそれぞれ屋敷に戻り、両親に江戸帰着の報告をすることになっていた。

霧子は御寮の一室に泊まり、磐音が寝に就いたのが四つ半（午後十一時）の刻限だった。


磐音は開け放たれた長屋門に住まいする白山に声をかけ、隅田川を望む堀端に出ると、わが名が付いた尚武館の茅葺き屋根を振り返った。

新たなる出発の朝だった。

東の空が微《かす》かに白んでいた。

磐音はやがて昇ってくるであろう日輪に向かって拝礼した。

心を引き締めて長屋門を潜り直し、玄関から道場に通った。すると辰平や利次郎、神原辰之助らが掃除を終えたところだった。

「おはようございます」

「おはようござる」

挨拶を返した磐音は神棚の榊《さかき》を替える弥助を見た。

「弥助どのもお早いな」

「へえ、わっしだけ寝ていてもつまりませんや。小田様の手伝いでもできないかと思いましてね」

と言うところに小田平助が一振りの刀を手に道場に姿を見せた。

「若先生、鵜飼百助《うかいももすけ》様が渾身《こんしん》の研《と》ぎをなされた古剣たいね」

と言う平助の言葉も、どことなく緊張していた。

神保小路の尚武館佐々木道場の敷地から甕が見つかり、その中に大小二振りの古剣が発見された。その古剣を研ぎの名人鵜飼百助が数年がかりで手入れをしていたうちの一振りだ。

「拝見しよう」

辰平らが集まってきた。

直心影流尚武館坂崎道場の護《まも》り刀になるべき一剣であった。

ために小田平助は尚武館坂崎道場の船出の朝に磐音に披露《ひろう》しようと、手元に保管していたのだ。

磐音はいったん受け取った白木の鞘《さや》の剣を見所の刀架に置いた。検分するには道場内は薄暗かった。

日の出を待とうと考えたのだ。磐音はその旨を辰平らに伝え、

「小田平助どのの富田天信正流《とだてんしんしょう》の槍折《やりお》れから始めようか」

と全員に六尺余の棒を携帯させた。磐音も長い棒を手に、

「平助先生、ご指導を」

と願った。

「なんちな。尚武館坂崎道場の初稽古に、こん小田平助の槍折れの稽古から始めるち言いなはるな」

「武術の基本は足腰の鍛錬からと申します。小田どのの槍折れの基本稽古はなにより足腰の鍛錬に役立ちます。われら、姥捨の郷を離れ名古屋に入ってからも、できるかぎりこの槍折れの稽古を続けて参りました。ですが、師なき稽古ゆえ悪《あ》しき癖がついているやもしれませぬ。悪癖は早いうちに削《そ》ぎ落とすのが鉄則にございましょうが、間に合うかどうか」

と磐音が危惧《きぐ》した。

「ならば不肖小田平助、まずは坂崎磐音、松平辰平、重富利次郎お三方の槍折れ振りば見せてもらいまっしょ」

と覚悟を決めた体《てい》の小田平助が命じた。

「お願い申す」

と小田平助に願った磐音は二人の弟子に、

「槍折れ素振《すぶ》り百回」

と命じると、赤樫《あかがし》の棒を両手にしっかりと保持する素振りから始めた。

このかたちは小田平助の稽古にはなかったもので、足腰腕力を無理なく鍛えるために磐音が江戸への帰路に立ち寄った名古屋で始めたものだ。

小田平助も紀伊領姥捨の郷に滞在した。だが、短期間であり、磐音らは雹田平一派との決戦に備え、槍折れの稽古を師匠の小田平助に見てもらう機会はわずかしかなかった。しかも、磐音一行が名古屋入りした時点で、小田平助は江戸に向けて先発していた。ために平助が初めて見る稽古のかたちだった。

六尺の太い槍折れは木刀の二倍から三倍の重さがあった。ためにしっかりと両足を踏ん張り、姿勢を崩さずに振り続けねば腕を痛め、時には骨折を招くこともあった。

「一、二、一、二」

と磐音が声をかけ、三人が同時に振り下ろし、上段へと戻した。

一と二の間隔も上体の動かし方も足の運びもゆったりとしていた。だが、磐音の声がだんだんと速さを増して、木刀の素振りとはいかないまでもそれに近い速さで繰り返され始めた。

「ほうほう、こげん手があったたいね」

と小田平助が感心の体で見つめていた。

素振り八十回あたりでゆったりとした動きに戻すと、

「やめ」

と百回を数えたところで両腕素振りをやめ、

「片手素振り右五十回」

と稽古を進行させた。

両腕に保持した百回の素振りのあとのことだ。左右片手で五十回ずつの片手素振りは苦しい。辰平と利次郎は歯を食いしばって片手素振りをやり遂げた。だが、磐音は平然としてやり終えた。

ここで磐音は小田平助直伝の、利次郎が勝手に名付けた技名、

「槍折れ踊り」

を始めた。

利き腕一本に保持した槍折れを頭上で回転させながら激しくも動き回る荒稽古だ。

辰平も利次郎も名古屋の藩道場や旅の道々で槍折れを振り回して稽古を続けてきただけに、前後左右に自在に飛びまわりながら振り回す槍折れ稽古を難なくやり遂げた。

「若先生、富田天信正流槍折れの看板を下ろしとうなったばい。若先生の動きに悪か癖などちっともついちゃおらんたい。それよりくさ、まあ見事な槍折れ素振りを見せてもらいましたばい。本日からわしも先生に弟子入りして、両腕素振りを始めまっしょう」

平助が深くうなずきながら、磐音が始めた槍折れ稽古を認めてくれた。

「これはなんとも過分な言葉、大いに自信がつきました。されどどこの世界に師と弟子が交替するなどございましょうか。それがしの槍折れの師は永久に小田平助どのにございます」

「わしゃ、途方もなか弟子を持ったもんたいね」

と満足げに笑った。

「小田先生、われらの槍折れ踊りはいかがにございますな」

鼻をうごめかせながら利次郎が平助に尋ねた。

「若先生に随行して稽古を積んだあとが見えますばい。こりゃ、江戸に残った組はだいぶ差をつけられましたな。よかよか、師匠のおらん江戸たいね、これくらいの差はつくと思うちょった。今日から江戸組も、辰平さん、利次郎さんに負けんごと稽古に励みまっしょ」

と自分に言い聞かせた平助が、

「では槍折れ稽古を始めますばい。全員が六尺の棒を振り回すにはちいと狭かもん。外に出て、野天《のてん》稽古を始めまっしょ」

平助自ら縁側から庭に飛び下りた。

庭先は百坪ほどの広さで、かような稽古のために小石を取り除き、相撲《すもう》の土俵のように砂を入れて固めてあった。ために素足がしっかりと大地を摑んで、足腰に力が入った。

「間隔をあけてな、始めますばい」

平助の声で槍折れの本式の稽古が始まった。

四半刻《しはんとき》（三十分）ほどの槍折れの稽古が終わったとき、朝は白んでいた。

磐音は縁側に稽古着姿の霧子がいるのを見て、

「見所から古刀を持ってきてくれぬか」

と命じた。

畏《かしこ》まった霧子は鵜飼百助が研ぎあげた太刀《たち》を両手に奉じて、磐音に差し出した。

「拝見いたす」

と呟いて、磐音は白木の鞘尻《さやじり》を無人の虚空に向け、静かに払った。

鵜飼百助が見立てた、平安時代末期、山城国《やましろのくに》の刀鍛冶《かたなかじ》国永《くになが》作の一剣は、太刀の雅《みやび》と凄みを兼ね備え、所持した人間の気品を想像させるものだった。

「五条《ごじょう》国永、これ以上の護り刀があろうか」

と磐音は呟いた。その周りに小田平助をはじめ、辰平らが集まって古刀を賞翫《しょうがん》した。

「若先生、尚武館道場の扁額にその五条国永、坂崎道場の礎《いしずえ》ができましたな」

弥助が縁側から話しかけた。

「坂崎磐音、なんとも幸せな男にござる」

しみじみとした声音が磐音の口から洩れた。

「すべて若先生の人徳がなせる業《わざ》たいね」

「いや、それがし、佐々木玲圓先生をはじめ、今津屋どの、門弟衆に恵まれてただ今の坂崎磐音があることをつくづくと思う。平助どの、人徳がそれがしに少しでも備わっているとしたら、これらの人々が作り上げてくれたものにござろう。この地に直心影流尚武館坂崎道場を旗揚げすることとなったが、それがしの願いはあくまで尚武館佐々木道場の再興にござる。いつの日か、その日が来ることを願《ねご》うて稽古に邁進《まいしん》いたしましょうかな」

と磐音はだれにともなく言いかけた。

「若先生、余計なことを申し上げるようですが、よきことばかりではございません」

突然輝信が言い出した。

「輝信、それは今言うても詮無《せんな》いことじゃ」

ちょうど尚武館に姿を見せた曽我《そが》慶一郎《けいいちろう》が輝信を窘めるように言った。

「曽我様、われら、一からの船出にございます。そのことを若先生にも承知しておいていただくほうがよかろうと思います」

輝信は頑固に言い張った。

「輝信どの、遠慮のう申されよ」

磐音が曽我に会釈して輝信に言った。

「われら、若先生が戻られる前に、旧尚武館佐々木道場に集うた門弟衆に回状を回し、小梅村に尚武館坂崎道場が開かれることを告知いたしました。ですが、大半の門弟衆から戻ってきた返答は、新尚武館に入門することは考えておらぬというものばかりにございました。おそらく七割、いや、八割の門弟衆が、もはや尚武館で稽古を再開する気はございますまい」

「さようであったか。田丸輝信どの、真のことを承知しておくことは大事なことじゃ。よいことを聞かせてもろうた。じゃがな、考えてもみよ、養父が亡くなり、尚武館佐々木道場も幕府に返上して建物も壊された。いったんこの世から消えたのじゃ。神保小路には新たなお方が住んでおられるとも聞く。それがしも江戸を離れて何年もの間、流浪の旅を続けてきた。門弟衆が他の道場に通われるのは当然のことであろう。それがし、そなたらが十数人も門弟として名を連ねてくれたことのほうが驚きじゃ。今またここに曽我慶一郎どのが参られた。心強いことよ」

「若先生、あとから宮川藤四郎《みやがわとうしろう》も参ります。されどそのほか、古い門弟衆がこちらに通ってくるのはまず無理かと存じます」

輝信の話にもはや隠し事をしても致し方ないと考えたか、曽我が言った。

「小梅村は遠いでな、通うのはなかなか大変であろう」

「それもございます」

「残念ながら佐々木玲圓先生の徳と技はそれがしには備わっておらぬ。一から一人ふたりと剣の道をともに歩む同志を作っていくしかあるまい」

「若先生、お考えに異を唱《とな》えます」

「曽我どの、わが考えに異とはなんぞや」

「坂崎磐音様にはすでに佐々木玲圓先生の後継たるすべてが備わっておられます。ために、かように昔の門弟衆が戻ってこられないのでございます」

「曽我どの、それこそ異な考えではござらぬか。玲圓先生の後継に相応《ふさわ》しければ、かようなことにはなるまい」

「いえ、事実はこうです。若先生の人徳と技量と経験を恐れるお方が、大名諸家、旗本衆を脅迫して、尚武館再興を阻もうと考えておられるのです」

「なんと、さような曰くであったか」

と思わず磐音は先に江戸に戻った小田平助を見た。

「田丸さんと曽我さんの言われること、どちらもあたっておりますたい。神田橋の主様がくさ、あれこれと画策してたい、尚武館が立ちゆかぬように門弟衆の入門ばくさ、止めておられるとたい。そげん噂《うわさ》が飛び交っておりますばい。それだけ老中は坂崎磐音様をばたい、恐れておられる証拠《あかし》たいね」

と言いきった。

「われらを兵糧《ひょうろう》攻めにする企てを考えられたか」

「まあそげんこつたいね」

道場経営は門弟衆の束脩《そくしゅう》と月々の稽古代によって支えられていた。神保小路にあった尚武館佐々木道場は、時折りしか姿を見せられぬ者を含めて数百人の門弟の払いで運営が成り立っていた。

小梅村の尚武館道場も当然弟子の数によって運営され、磐音らの暮らしが成り立つことに変わりはない。それを老中田沼意次は止めたというのだ。

「致し方ござるまい。有為の人々を相手に武の本道を進みましょうぞ」

と答えた磐音の胸中に不安が過《よ》ぎった。磐音の背後に両替屋行司の今津屋が控えていることを田沼意次一派が知らぬはずはない、こたびの道場も今津屋なくしてはできなかったことだ。となれば、田沼意次と一派の矛先が今津屋に向けられるのではないか、そのことを恐れた。

だが、今は、

「曽我どの、稽古着に着替えておいでなされ。久しぶりに稽古をいたしましょうぞ」

と玲圓時代からの門弟に声をかけた。

三

この日、朝稽古が終わったとき、重富利次郎が緊張の面持ちで磐音の前に立った。磐音が一足先に道場を引き上げようとしたときだ。話しづらいのか、なんとなくいつもの利次郎と異なり、もじもじしていた。

道場では辰平らが後片付けをしていた。

門弟十数人の尚武館坂崎道場だ、すべてが心を許した面々といえた。今日も中間を従えて速水杢之助、右近の兄弟が稽古に来ていたが、磐音に挨拶して玄関へと向かったところだった。

「それにはそれがしが同道する、その約束でござったな。迷惑かな」

「本日、鍛冶橋《かじばし》の土佐藩江戸上屋敷に戻り、父母に江戸帰着の挨拶をなします」

「申されよ」

「はっ、はい」

「なにか用かな」


「いえ、そのようなことは」

利次郎は煮え切らなかった。

利次郎は土佐高知藩山内《やまのうち》家近習目付《きんじゅめつけ》三百七十石重富百太郎《ひゃくたろう》の次男であった。父百太郎の御用の供で国許に初めて足を踏み入れた利次郎は、父百太郎の御用が終わったあとも武芸修行の名目で高知城下に残り、松平辰平に対抗して武者修行の機会を窺っていた。

利次郎は、磐音らが密かに紀伊領内裏高野の隠れ里に滞在することを磐音からの書状で知ると、筑前《ちくぜん》福岡から高知入りしていた辰平とともに高知城下を抜け、磐音一行と合流した。また一行の滞在先の姥捨の郷への潜入を企む田沼意次の刺客団雹田平一党との戦に加わったことなど、諸々を改めて記すこともあるまい。

一方、辰平は、幕府御小納戸衆の父松平喜内《きない》に許しを得て、磐音とおこんの関《せき》前《まえ》行きに同道した門弟だ。その後、肥後《ひご》熊本、筑前福岡へと廻り、独り武者修行を続けていた。だが、江戸を離れた磐音、おこんらと再会したいがために高知城下に滞在中の利次郎を訪ね、二人して紀伊領内に潜入していた。

江戸に戻った折り、磐音は二人の若者が無事に武者修行を終えたことを報告するとともに、自らの旅に加わらせたことを詫びようと考えてきた。

そのようなわけでこの日、利次郎と辰平を伴い、重富家、松平家に江戸帰着の挨拶をなさんと考え、二人には伝えてあった。

「なんぞ都合の悪いことでも生じたか」

「いえ、もう一人同道してはなりませぬか」

「供を連れて参るとな」

「いえ、供ではございませぬ」

「利次郎どの、武士がいったん心に考えを決めた以上、逡巡《しゅんじゅん》するものではござらぬぞ」

はい、と応じた利次郎の、

「霧子を屋敷に伴いとうございます」

と言う大声が道場に響き渡った。後片付けをしていた辰平が二人を振り返った。

「霧子をご両親に会わせたいと言われるか」

「いけませぬか」

「霧子は承知じゃな」

「いえ、まずは若先生にお許しを得てと思いまして」

「利次郎どの、順序が逆のように思えるがな。まず霧子に相談なされよ」

「はっ、はい」

と答えた利次郎が、磐音の次の言葉を聞く耳もあらばこそ、道場から母屋へと飛んで消えた。

「ふうっ」

と思わず息を吐《つ》いた磐音を辰平が見た。

「そなた、このことを承知であったか」

「いえ、驚きました。されど利次郎は帰路の道中、江戸に戻れば母上がどこぞで婿入り口を探して押しつけるべく手薬煉《てぐすね》引いて待っておられよう、とぼやいておりました。ために利次郎としては、先《せん》の先《せん》をとって密かに霧子を会わせようと企んだのではございませんか」

「そなたら、そのような話があっても不思議ではない齢《よわい》を迎えていたか」

「若先生、それがしは毛頭そのようなことを考えておりませぬゆえ、ご安心ください。当分、この小梅村にて修行に励む所存にございます」

と辰平は頭を下げた。

「はて、どうしたものか」

と呟いた磐音は、

「ともあれ、辰平どの、昼餉《ひるげ》を食して外出の仕度をなされよ」

と言い残すと母屋に戻った。するとおこんが待ち受けていて、

「霧子さんも同道なされるそうですね」

「なに、霧子が承知したか」

「主の命《めい》なれば致し方ございますまい」

「それがし、なにも命じてなどおらぬが」

と答えた磐音ははたと気付いた。

「考えおったな」

利次郎は磐音に命じられたように装い、霧子を外出の一員に加えたようだ。そのことをおこんに説明した。

「利次郎さんはいじらしいことを考えだされましたね」

「どうしたものか。霧子は経緯《いきさつ》を知らぬのじゃぞ」

「利次郎さんの健気《けなげ》さに免じて知らぬ振りをお通しなされませ。あとは成り行きにございます」

「それでよいか」

「だれであれ、恋路の邪魔をしてはなりますまい」

おこんの言葉に霧子同道が決まり、

「さて、霧子さんの仕度をどうしたものでしょうね。派手になってもならず、かといって引き立つ装いとなると思い付きません」

「霧子は雑賀衆で男忍びに混じって生きてきた娘、晴れ着など持ち合わせがなかろうな」

「私の若い頃の衣装から選びます。大変なことになったわ」

と急におこんが大きな腹で張り切った。

「おこん、ややこを宿しておるのだ。落ち着いたら桂川甫周《かつらがわほしゆう》先生を訪ねるが、無理はならぬぞ」

「はいはい。あら、はいは一つでございましたね」

と言いながらおこんが磐音の前から消えた。

半刻《はんとき》（一時間）後、尚武館道場門前の船着場でのことだ。松平辰平と重富利次郎は磐音と霧子が姿を見せるのを待ちうけていた。川を渡ると聞いた弥助が、

「わっしがお送りしましょうか」

と言い出し、舟行になったのだ。

「利次郎さんや、なにやら最前から落ち着かれませんな。久しぶりに親御様にお目にかかるのは緊張するものですかえ」

事情を知らない弥助が尋ねた。

弥助は幕府の密偵だ。だが、今や尚武館の奉公人のようで、磐音すら弥助が今も幕府のさるところと繋がりを持って動いているのかどうか知らなかった。

少なくとも弥助と磐音の間には長い付き合いの中で心を通わせ、信頼関係ができていた。ために改めて尋ねることもなかった。

「弥助様、緊張などこれっぽっちもしておりませんよ」

利次郎が答えたとき、磐音とおこんが姿を見せた。そしてその背後に、おこんが今津屋に奉公していた頃に晴れ着にしていた秋草花図模様の振袖《ふりそで》姿の霧子が、どことなく訝《いぶか》しげな表情を見せてついてきた。

利次郎がぽかんとして霧子の晴れ着姿に釘付《くぎづ》けになった。

「ほう、これはこれは。わっしは弟子を見間違えましたぜ」

と弥助が言った。

「いかがですか、霧子さんのあで姿は」

「魂消《たまげ》ました。どう言うてよいか」

ふふふ、とおこんが満足げに笑った。

「き、霧子」

利次郎が茫然と呟いた。無意識のうちに洩らした言葉だった。

「なんでございますか、重富利次郎様」

切り口上に霧子が答えた。

「いやはや驚いた」

「師匠といい、利次郎さんといい、珍獣でも見るように私を見ておられます。おこん様、この形《なり》でなければ若先生のお供はなりませんか」

霧子が困惑の体《てい》でおこんに訴えた。

「霧子さん、何事も経験です。霧子さんがこれほど見目麗しい娘御であったことに、弥助様も利次郎さんも改めて驚かれております。珍獣などを見ている眼ではありませんよ。自信をお持ちなさい」

「霧子、わっしが見る眼は、おこん様が申されたとおりだ。なんとな、顔に墨を塗りたくって闇《やみ》から闇を走り回る雑賀衆の娘の真の顔に、わっしは気付いていなかったようだ」

と弥助が眩《まぶ》しそうに、わが娘の如き弟子の変身を見たものだ。

「霧子、さあ、手を貸そう」

未だ茫然自失としている利次郎をよそに、辰平が振袖姿の霧子を猪牙舟に乗せた。杭に結ばれた舫い綱を解いて磐音が乗り込み、弥助が棹を使って堀から大川へと向けた。

「いってらっしゃい。皆さん方、霧子さんをよろしくお願いいたします」

とおこんに見送られた猪牙舟が櫓に変わった。

「利次郎、いつまで突っ立っておるのだ。大川に出たら舟が揺れて水に落ちても知らぬぞ」

辰平が利次郎を我に返らせた。

「あ、ああ」

素直に猪牙舟の舳先に座った利次郎と霧子の眼が合った。

「利次郎さん、なにを企んでおいでです」

と霧子が訊いた。

「企む？　そ、それがし、なにもしておらんぞ」

「若先生から急に供を命ぜられたと思ったら、おこん様にこのような形《なり》をさせられました」

「いやはや、それがしも驚いた」

と素直に答えた利次郎に、

「なにに驚かれましたので」

「そっ、それは」

「私の形ですね」

霧子に睨まれた利次郎が真っ赤に上気して顔を伏せ、呟いた。

「霧子がきれいなので驚いたのだ」

「師匠といい、利次郎さんといい、なにを考えておられるのか」

霧子の視線が磐音に向けられた。

「お供はほんとうに若先生の命にございますか」

「それではいかぬか、霧子。予期せぬことが起こるのがこの世の常じゃ」

「予期せぬこととはなんでございますか。私、吉原に身売りされるような気分にございます」

と霧子が洩らし、

「吉原などに霧子を身売りさせてなるものか」

と利次郎がいきり立ち、

「ふわっはっは」

と弥助が笑って霧子に睨まれた。

「霧子、本日は坂崎磐音の江戸帰着の挨拶まわりに同道する、それでよいではないか」

「それでよいのでございますか」

「それではいやか」

「いえ、なにも」

「若先生」

辰平が言い出した。

「正直申して、霧子がかように美しいとはそれがしも気付きませんでした」

「男衆《おとこし》皆で私をなぶりものにしておられます」

霧子が泣きそうな顔をした。

「霧子、考え違いをするでない。われらが一つ釜の飯を食べ合《お》うた身内であることを忘れるな。このことは江戸に戻っても変わりない、この松平辰平はそう考えておる。妹のそなたが本日、さなぎが蝶になるように艶《あで》やかな娘に変身したのだ。喜ぶべきことだぞ。そのことを霧子、そなたがいちばん気付いておらぬようだ。ゆえにそのようなことを言いたくなるのだ。よいか、父たる若先生、師たる弥助様、兄たるそれがしの言うことだ。なぶりものにしようなど一切考えておらぬ。そのことを信じよ」

辰平が霧子に言い聞かせた。

「若先生、それでようございますか」

「辰平どの、五年前、そなたはこの流れの河口から、それがしとおこんと一緒に旅に出た。可愛い子には旅をさせるものじゃな、ようも成長なされた。それがしが考える以上に、そなたも利次郎どのも霧子も、ひと回りもふた回りも人間が大きゅうなって江戸に戻られた。愚かにもそれがし、ただ今気付かされた」

と磐音は幾たびも辰平に首肯《しゅこう》した。

霧子の表情が、辰平と磐音の言葉に和らいだ。

「霧子」

利次郎が言いかけた。

「もはや何も申されますな、利次郎様」

と霧子が利次郎の意図を悟ったように様付けで応じた。


土佐高知藩江戸上屋敷は鍛冶橋御門の傍にあった。

坂崎磐音は辰平、利次郎、霧子を伴い、門前に立った。すると門番が利次郎を見て、

「重富利次郎様ではございませぬか」

と質《ただ》したものだ。

「いかにも重富利次郎、わが御長屋に通りたい」

「利次郎様、この屋敷は利次郎様の住まいでもございますよ」

と答えた門番が、こちらはというふうに磐音らを見た。

「わが師、尚武館道場の坂崎磐音若先生にござる。父に挨拶をなさんとそれがしに同道なされた。よいな、お連《こ》れして」

門番が玄関番の家臣に許しを乞いに行き、三人の高知藩上屋敷の訪問が許され

た。

重富家は江戸屋敷に定府《じょうふ》の家系で、国許に妻子らを残して百太郎だけが殿様の上番に従うわけではない。ゆえに上屋敷の中に、三百七十石の家格に合わせた御長屋と呼ぶ屋敷を構えることが許されていた。敷地七千三百余坪の中に上士の屋敷が散らばり、重富家は、敷地南東の一角に小振りの庭が付いた屋敷を構えていた。

「父上、母上、ただ今戻りました」

と門前から利次郎が声をかけると、母の富美《ふみ》が急ぎ足で玄関に姿を見せ、利次郎に目を留めて、ぴたりとその場に座した。

「利次郎、ようも無事で帰られましたな。ご苦労にございました」

富美の視線が同行の磐音らにいった。

「母上、坂崎磐音若先生です。旅の途中から若先生の道中に合流したゆえ、父上に挨拶したいと申されて、かように同道なされたのです」

と応えるところに着流しの百太郎が姿を現し、

「坂崎磐音どののご入来とは、重富家、光栄にござる」

と挨拶した。

「百太郎様、父御の許しもなくわれらの旅に利次郎どのを同道させました。挨拶が後先になりましたが、お詫びに参りました」

と磐音が訪問の理由を説明すると、

「仔細《しさい》は分家の為次郎《ためじろう》より書状にて知らされてござる。若先生の隠遁《いんとん》の地に押しかけるなど迷惑をかけたのは利次郎のほうにござれば、若先生のお詫びなど受けられましょうか。わがほうが詫びることにござる。いや、西の丸家基様の剣術指南役の旅に同道できるなど、願うてもかなうことではござらぬ。次男坊の能天気も、若先生の日常に接していくらか改まったことでござろう」

と百太郎が磐音に返答した。

「父上、それがしと同道し、若先生の一行に合流した松平辰平どのにございます」

利次郎が紹介し、百太郎が、

「そなた、若先生の船旅に同道して豊後《ぶんご》関前に参られたのであったな。あのときよりどれほどの歳月が流れた」

「五年にございます」

「よう辛抱なされた。さぞ技量も上がり、心胆も練られたことであろう」

「おまえ様、玄関先では」

「おお、そうじゃ」

と百太郎の目が霧子にいった。

「この見目麗しい娘御はどなたかな」

「尚武館佐々木道場以来の女門弟にして、わが娘同然の者にございます」

と応じた磐音が、挨拶せよという顔で霧子を見た。

「霧子にございます」

「おお、尚武館に女門弟がおられるとは知りませんでした。利次郎、そなた、かようなことを母に言うたか」

「いえ、それが。いえ、ゆえにこうして、かような機会にお連れいたしました」

「なに、そなたが願うて霧子さんをわが家にお連れしたとな」

「まあ、そのようなことでございます」

しどろもどろに利次郎が応えるところに、重富家の門前に山内家の家臣が姿を見せた。

「小源太《こげんた》、火急の御用か」

「重富様、殿より、重富家の客をお呼びせよとの命にございます」

「なに、客をとな」

と百太郎が首を捻《ひね》り、

「坂崎磐音様を重富様、利次郎どの同道の上、お招きせよとの命にございます」

「殿が客人を招かれるとは何事であろうか」

百太郎が磐音の顔を見て呟いた。

四

一刻《いっとき》（二時間）後、磐音と辰平の二人は土佐高知藩邸を辞去すると、鍛冶橋から町屋に戻り、御堀伝いに一石橋《いっこくばし》、竜閑橋を渡り、鎌倉河岸《かまくらがし》から表猿楽町《おもてさるがくちょう》を抜けて松平家のある稲荷小路へと向かっていた。

土佐藩藩主の山内豊雍《とよちか》は山内家九代目、寛延《かんえん》三年（一七五〇）一月六日の生まれゆえ三十三歳であった。

玄関番の侍から坂崎磐音の重富家訪問が奥へ知らされたか、豊雍は磐音を書院にてにこやかに迎え、

「永の旅から江戸に帰着なされたようじゃな」

と気さくに声をかけた。それは初老の田貫《たぬき》用人一人を同席させただけの対面だった。

「昨日江戸に戻って参り、ご当家家臣重富様に、ご子息利次郎どのを無断でわが旅に同道させたこと、お詫びに参ったところにございました」

磐音の言葉に首肯した豊雍が、

「紀伊領内姥捨の郷の戦、見事な勝ち戦であったそうな」

驚きの目で磐音が豊雍を見た。

重富百太郎は訝しげな表情で藩主の言葉を聞き、利次郎は顔色を真っ青に変えた。

「われらが行動をご存じにございますか」

「紀伊は紀淡《きたん》海峡をはさんでわが土佐の隣国ぞ」

「いかにもさようでした」

どの大名家も隣国の情勢に敏感であった。ましてその藩が御三家の紀伊藩となれば、神経を尖《とが》らすのは外様《とざま》大名としては当然のことであろう。ということは、紀伊領内に土佐藩の密偵が常日頃から入り、動きを監視しているということではないか。

雑賀衆に助けられ、田沼意次の刺客雹田平一派と磐音らが戦ったいわくを、またこれを一掃した経緯をすべて把握しているということではないか。

だが、顔付きから推測して、近習目付の重富百太郎は知らされていない様子だった。

「老中として幕閣の全権を掌握されておられる田沼意次様とは申せ、八代将軍吉宗様のご出身地に唐人の刺客を入れ、尚武館の後継を殺害しようという魂胆、無謀にして横暴の極みなり。また老中の権威を振り翳《かざ》し、神田橋のお部屋様とちやほやされてきた下賤《げせん》の女を紀伊まで派遣し、女人禁制の高野山に乗り物で参籠せんとした所行《しょぎょう》、わが領内のことではのうても腹立たしいかぎりであった。ようも不逞《ふてぃ》の一味を一掃なされた。この豊雍、さすがは尚武館佐々木玲圓どのの後継と感服しておったところじゃ」

「恐れ入ります」

と短く答えた磐音が、

「豊雍様、このこと、城中では周知の事実にございましょうか」

と尋ねた。

紀伊領内の始末が江戸に知れ渡っているとしたら、小梅村の尚武館道場の存続は黙認されまいと、磐音は案じた。もし周知のことならば、神田橋の愛妾《あいしょう》おすな、を始末された恨みも加わり、尚武館憎しの念が募り、田沼一派が新たに仕掛けてくることは容易に想像された。

「案じずともよい。あの姥捨の郷自体が紀伊では公にされておらず、またその地での戦いを承知しておるのは紀伊、土佐二国ほどであろう。田沼意次様とて、紀伊まで大船を仕立て、妾風情《めかけふぜい》を送り込んで女人禁制の高野山詣でをなさんとしたなど、江戸で知られたくはあるまい。そなたらの勝利を腹立たしく思うても口に出すこともできまいて」

と答えた豊雍が満足げに笑った。

「予はそなたの養父を承知でな。また家基様と対面したこともあり、次なる将軍位は聡明なる家基様と願うておった。それが」

と言いかける豊雍に、用人が咳払いして話を途中で止めた。

「爺が案じておるで、これ以上のことは口にすまい。坂崎磐音どの、よう江戸に戻られた」

豊雍が磐音の江戸帰着を改めて歓迎した。

「坂崎磐音、どれほど豊雍様のお言葉に勇気づけられましたか。恐惶《きょうこう》至極にございます」

うむ、と豊雍が磬音に頷き、利次郎に視線を移した。

「そのほうが百太郎の次男か」

「はっ」

利次郎より先に百太郎が畏まった。

「これ利次郎、殿の御前である。頭《ず》が高い」

百太郎が利次郎の袖をひっぱり、利次郎が平伏した。

「百太郎、予は利次郎に借りがあるでな、召し出した」

「借りと仰せられますと」

「先年、漆会所《うるしかいしょ》の一件に関して、利次郎も深浦帯刀《ふかうらたてわき》一派を成敗することに力を貸したというではないか」

「江戸藩邸に生まれたとはいえ、土佐藩の禄を食《は》む重富家の一族が、藩政改革の邪魔立てをなす連中に一命を賭《と》して立ち向かうのは当然のことと存じます」

「百太郎、利次郎が腕を振るえたのも、これ尚武館道場での修行の賜物《たまもの》と思わぬか」

「殿、真にもってさよう心得ます。次男坊のこやつ、むだ飯ばかり食いおってぶくぶく太っておりましたが、尚武館の厳しい修行と佐々木玲圓様、坂崎磐音様父子の薫陶のお蔭で、ようやく半人前の土佐藩士に育ちました」

と百太郎が謙遜した。

「百太郎、半人前と申すが、なかなかふてぶてしい面魂《つらだましい》をしておるではないか」

「見かけ倒しにございましょう」

百太郎の言葉を聞き流した豊雍が、

「利次郎、江戸に戻り、どういたす気か」

「はっ、父が申し上げましたとおり半人前にございますれば、小梅村に新設なった尚武館坂崎道場にて住み込み門弟として今しばらく修行に専念いたす所存にございます」

「いくつに相成った」

「二十歳《はたち》をだいぶ前に過ぎました」

「ならば立家してもよい歳ではないか」

「殿、わが重富家には嫡男がおりますればこの利次郎、婿養子の口でもないかぎり、立家など到底無理な話にございます」

百太郎が倅《せがれ》に代わって答えた。

「利次郎、婿養子に入る気があるか」

どうやら豊雍には考えがあって問い質している様子があった。

「ございません、お断り申し上げます」

一拍おいたものの、利次郎の答えは素早くはっきりとしていた。百太郎ばかりか老用人までもが両眼をひん剝《む》いて利次郎を見た。

「小糠《こぬか》三合あれば入り婿するな、この格言に従うと申すか」

「恐れながら初代一豊《かずとよ》様以来、武勇の誉れ高き土佐藩と心得ております。婿に入れば舅姑ばかりか嫁女、さらには家来にまで遠慮しいしい生きねばなりませぬ。それがし、さような真似《まね》はしたくございません」

「これ、利次郎、言葉に気を付けよ。殿に口答えするなど、なんという態度か」

「父上、私が婿養子に行くことをお望みですか」

「う、うむ。されどこのご時世、婿養子の口があっても、嫁一人に婿七、八人の競争相手がおろう。そなたはまずこの争いから最初に弾《はじ》き飛ばされる口よ」

「父上、だれもそのような争いに加わるとは言うておりません」

「利次郎、生涯娶らぬつもりか。一武芸者として生涯を全うする気か」

「いえ、そのようなことは考えておりませぬ」

と答える利次郎に豊雍が磬音を見た。

「師として、この利次郎が婿養子に行くことをどう見るな」

「わが尚武館にも婿養子に行かれた門弟諸氏はございます。神保小路の尚武館道場の師範であった人物は旗本依田家に婿入りし、西の丸家基様のお近くにお仕えしました。今も夫婦仲よう暮らしておられます。されど、門弟それぞれが婿養子に打ってつけかどうか、気性人柄によりましょう」

「利次郎の人柄、婿養子には向かぬか」

「いえ、そういうわけではございませぬ。利次郎どのがわが尚武館に入門してよりそれがし、人柄をうんぬんする事態に直面したことはございませぬ。されど利次郎どのには豊雍様のご質問に是《ぜ》と答えられぬ事情があるのではないかと推測いたします」

「なに、答えられぬ事情とはなにか」

豊雍が問うた。

磬音が利次郎を見た。すると利次郎が磬音を正視して、目顔で哀願した。

「坂崎先生、こやつにはたれぞ悪い女でもついておりますか」

と百太郎までが磬音に問うた。

「利次郎どのに悪い虫などついておりませぬ。されど想い女《びと》はおられるかと存じます」

あっ、と百太郎が声を上げた。

「利次郎、うちに同道した娘じゃな」

「いかにもさようです」

覚悟したように潔《いさぎよ》い返答をなした利次郎が、

「まさか殿様の御前でかような事態になろうとは、夢にも思いませんでした。若先生、どうすればよろしいので」

と利次郎が磐音に助けを求めた。

「利次郎どの、直心影流尚武館道場に恋の極意二つあり」

「えっ、そのような極意がございましたので」

「ござる。ただ今それがしが創意した」

「お教えください」

「そなたがただ今殿様と父御を前に潔い返事をなされたように、正面突破の一の太刀じゃ」

「はあ、で、二の太刀はどのようなもので」

「自然流に恋が成就《じょうじゅ》するのを待つのが二の手。されど豊雍様と父御の前でこうなった以上、もはやこの手は使えまい」

「正面突破の一の太刀にございますか」

うーむと腕組みして考え込んだ。

「これ、利次郎、殿の御前で腕組みする家来があるか」

と初老の田貫用人が注意して、利次郎が慌てて解いた。

「百太郎、同道したという娘、どうじゃ」

「殿、どうじゃと仰せられましても、それがし玄関先でちらりと見ただけにございます。見目麗しい女子ではございました」

豊雍の視線がまた磐音に来た。

「雑賀霧子と申しまして、われらの前には家基様のお命を狙う刺客の一人として登場いたしました。日光社参の折りにございます」

磐音の前置きに、百太郎と用人が小さな悲鳴を上げた。だが、磐音は素知らぬ顔で霧子の波乱万丈の育ちを告げた。長い話になった。

「豊雍様、霧子の才覚なくば、われらこたびの道中で行き倒れになっていたやもしれませぬ。われらの恩人であり、身内にございます」

姥捨の郷への道案内を買って出た霧子の働きを最後にして、長い話を締め括《くく》った。

「ほう、雑賀衆に育てられた娘とな」

「重富様、そのことを気になされますか」

「出自をうんぬんすれば、太閤秀吉様もまた水呑み百姓の出、隣国阿波《あわ》の殿様の出身は夜盗の類《たぐい》と聞く」

「百太郎、娘は坂崎磐音どのの身内同様と申すぞ。どうするな」

「殿、そう仰せられましても、何とも」

「今頃、百太郎の嫁女と台所で一緒に働いておるやもしれぬな」

と豊雍が笑い、

「利次郎、そなたの婿入りの話、諦めた。となると、利次郎の身の立つように尚武館の坂崎どのと話し合うて、手立てを考えねばなるまいな」

とこの日の対面は終わりを告げた。

「というわけだ、辰平どの」

と磐音は稲荷小路への道々、豊雍との対面の様子を語り聞かせた。

「利次郎にとってなんとも幸運な一日にございましたな。一気に事が進んだように思えます」

「今頃、霧子を交えて重富家で話し合いが行われていよう」

「霧子と母御の富美様はすでに心を通わせておいでと見ました。霧子は雑賀衆の中で苦労して育ってきただけに他人の気持ちがよう分かります。重富家の嫁になっても大丈夫、やっていけます」

と辰平が友の不安を一掃する発言をなした。

「辰平どの、そなたにそのようなことはないのか」

「若先生、それがし、武者修行に出たのでございます。そのような気持ちの余裕はございませんでした」

と答える辰平に、ある一人の娘の面影が浮かんだ。

筑前福岡城下博多の大商人箱崎屋次郎平《はこざきやじろべい》の末娘お杏《きょう》のことだった。

福岡滞在中にお杏とは何度も会う機会があった。

お杏は、磐音とおこんが博多逗留中に箱崎屋の別宅に泊まったこともあって、その弟弟子の松平辰平を親身になって世話してくれた。だが、辰平はできるだけお杏と会う機会を避け、剣術一筋に福岡滞在を全うしてきた。

そんな辰平とお杏に突然別れの時がやってきた。

磐音が名古屋から辰平に送った書状が辰平の気持ちを突き動かしたのだ。

お杏には黙って福岡城下を去ろうと考えたが、福岡藩の家臣の一人が箱崎屋で洩らした話が伝わり、辰平は大手門の藩道場の前でお杏の姿を見ることになる。

二人は福岡城の御堀端から玄界灘《げんかいなだ》を望む浜に無言で歩いていった。

「辰平様、杏に黙って福岡を出るつもりとね」

とお杏が責めた。

「いや、そうではない。最後には必ず箱崎屋様に挨拶に参る所存にござった」

「どちらに参られると」

「お杏さんも承知かと思う。もはやわれらが修行した江戸の尚武館佐々木道場はない。佐々木玲圓先生とおえい様が自裁なされ、若先生とおこん様は江戸を離れて名古屋におられる。それがし、尚武館の門弟として、なんとしても若先生夫婦のお力になりたいのだ」

「もはや博多にはお戻りではなかとね」

「すべては若先生次第じゃ、お杏さん」

「杏のもとには帰ってこられんとやろね」

辰平は返答の言葉が浮かばなかった。

「磐音様とおこん様がおられるとこ、分かっちょるとね」

「名古屋の大商人尾州茶屋中島家の庇護《ひご》のもとにあるそうな。だがその前に、まず豊後関前の坂崎家と、道場の朋輩が修行をなす高知を訪ねてみるつもりなのだ」

お杏はしばらく無言で松林の中を歩いていた。だが不意に辰平の手を摑むとなにかを握らせた。そして、お杏は城下のほうへと小走りに駆けていった。

辰平が手を開くと筥崎宮《はこざきぐう》の御守りがあった。

豊後関前から一通、高知城下から一通、そして、磐音の命で佐野善左衛門政言《さのぜんざえもんまさこと》に面会する御用の江戸から二通とこれまでお杏宛てに書状を書き送っていた。

いちばん滞在が長い紀伊領内から書状を博多宛てに送らなかったのは、雹田平一派に居場所を知られることを懸念したためだ。

お杏から文を貰ったのは一度きり、利次郎の分家、高知の重富為次郎宅に寄寓していたときだった。

福岡で別れて三年余の歳月が過ぎていた。もはやお杏が辰平の存在を忘れていることも考えられた。

二人が稲荷小路の旗本松平家八百七十石の玄関先に立ったのは、秋の日が西に大きく傾いた夕刻前のことだった。

なにしろ土佐高知藩邸で豊雍に対面するという思わぬ事態に遭遇した磐音は、霧子と利次郎を重富家に残して松平家に急ぎ向かってきたところだ。

松平家の門は閉ざされていた。

潜り戸を叩いた辰平に答えて、

「どなた様にございますな」

という聞きなれぬ門番の声が誰何《すいか》した。

「辰平じゃ。旅から戻ったと父母に伝えてくれ」

と応じた声に、潜り戸の向こうで急にあたふたとした気配があって、二人は潜り戸の前でしばらく待たされた。そして、ようやく潜り戸が開かれると、松平家の用人角田《かくた》彦兵衛《ひこべえ》が、

「ようお戻りになられました」

と迎えた。

「彦兵衛、坂崎磐音若先生も同道されておる」

と潜り戸の敷居を跨ぐ辰平が言い、

「おお、尚武館の若先生もご一緒ですか」

開門せよとの角田の命を辞退した磐音が続いて敷居を跨ぐと、式台《しきだい》に灯りが入り、辰平の母親のお稲《いね》が座していた。

辰平は潜り戸の内側で身なりを直し、腰から大刀を抜いて右手に下げた。そのとき、松平喜内が慌ただしくも玄関に姿を見せて立った。

「辰平どの、両親のもとに参られよ」

磐音が声をかけると、こっくりと頷いた辰平が石畳を式台へと進んでいった。その姿は五年の歳月が無益ではなかったことを示して自信に溢《あふ》れ、堂々としていた。

「父上、母上、松平辰平、昨日小梅村尚武館坂崎道場に帰着しましてございます。本日は坂崎先生とともに挨拶に参じました」

「ようも五体無事で戻れたものよ」

喜内が呟くように言い、式台へと歩み寄る磐音に一礼した。

お稲が辰平の顔をじいっと眺めていたが、

「辰平、よう修行を全うなされましたな」

と五年ぶりに目にするわが子の成長した姿に瞼《まぶた》を潤ませた。

「はい。若先生方のお蔭にございます」

「ようできました。これは母からの褒美《ほうび》です」

とお稲が背後から書状の束を辰平に差し出した。

「なんでございますな」

「手にして差出し人を確かめなされ」

とお稲に言われた辰平が女文字の宛名を確かめ、裏を返して、

「博多のお杏さんからだ」

と茫然と呟いた。

磐音がそれを見てにっこりと微笑んだ。

第三章　霧子の迷い

一

重富百太郎は藩の御船手方に願い、鍛冶橋御門から小梅村尚武館坂崎道場まで利次郎と霧子の二人を送る手配をなしていた。

利次郎は父がそのような細やかな気遣いを見せる人ではないと思ってきた。だが、霧子のしっかりとした気性が気に入ったことや、なにより藩主の豊雍が坂崎磐音をあれほど歓迎する様子を見て、改めて尚武館の偉大さに感じ入ったことも加わり、このような手配に動いたのであろう。

高知藩江戸屋敷のお仕着せの老船手方が櫓を操り、御堀を出て一石橋から夜の日本橋川に出た。

日本橋の上には往来する人々が大勢いた。刻限は五つ半（午後九時）前、町屋の木戸口が閉じられるにはまだ半刻以上の間があった。

霧子は重富家を辞したときから無言だった。

「霧子、疲れたであろう」

「いえ、利次郎様のほうが」

「それがしが生まれ育った家だぞ。なんじょう疲れたりするものか」

「殿様のお呼び出しもございました」

「あれにはそれがしも驚いた。異例中の異例らしいな。藩内の騒ぎにそれがしも加わっていささか貢献したこともあろうが、なにより尚武館の大きさを改めて思い知らされた」

利次郎の正直な言葉に霧子が頷いた。

「尚武館は幕府と大名諸家や旗本衆を結ぶ道場でもあったのですね」

「それがしなど剣術を学ぶ場としてしか考えてこなかった。若先生の肩にはそれだけ重荷がのしかかっておるということだ」

と応じた利次郎が霧子に囁いた。

「殿様はそれがしに婿養子の口を考えておられたようだ。次男坊のそれがしにまでお気遣いいただき有難いことであった」

豊雍の呼び出しの理由の一つを霧子に初めて語った。

「まあ」

と驚きの言葉を口にした霧子が、

「このご時世にございます。部屋住みの利次郎様が他家に養子に入られるのなら、これ以上のお幸せはありません。まして殿様のお口利きとなれば、お断りなどできませんよね」

と胸中のざわめきを隠して平静な言葉遣いで言った。

「霧子、それがしが受けるとでも思うたか」

「あら、お受けにならなかったのですか。勿体《もったい》ない」

「そうか、勿体なかったか」

「はい。殿様自らのお話をお断りになるお方がどこにありますか」

霧子が深い溜息を吐《つ》き、利次郎がしばらく口を閉ざしていたが、

「磐音若先生のお口添えもあって、きっぱりと断った」

「お断りになった。またどうしてです」

「想う人がございます、と事情を述べた」

「利次郎様に想うお方がおられるのですか。初めて知りました」

「それがしには心に決めた女人《にょにん》がおる。その人とならば、尚武館の玄関番を生涯続けてもよい」

「それはまあ、大層なご決心にございますこと。して、その想い人とはどなたにございますか。あら、はしたないことを訊いてしまいました」

しばし間を置いた利次郎が、

「霧子、そなたじゃ」

と叫び、いきなりの告白に霧子が黙り込んだ。

「それがしがなぜ、本日の実家行きに霧子を伴ってくださるよう若先生に願い、おこん様が大事な召し物をそなたに貸し与えてくださったか分かるか」

「驚きました。私は素性《すじょう》も知れぬ女です、雑賀衆に攫われて下忍《しのび》の旅暮らしで育ったのです。土佐藩士重富家の嫁には相応《ふさわ》しくありません」

「わが父は殿様にこう答えられた。太閤秀吉様も水呑み百姓の出、阿波の蜂須賀《はちすか》様も夜盗が先祖とな。考えてもみよ、おこん様は深川の長屋育ち、今津屋に奉公して奥向きの女衆《おんなし》として才覚を発揮され、浪人の坂崎磐音様と想いを交されて、尚武館佐々木道場の嫁になられた」

「おこん様は格別です」

「それがしが言いたいのは、霧子がどこの出であろうとかまわぬ、今の霧子が好きだということだ」

この夜の利次郎はいつもと異なり、実に言語明晰《めいせき》であった。

狭い船上のことだ。どうしても土佐藩の御船手方の耳に二人の話が聞こえてしまう。だが、そのようなことなど今夜の利次郎は気に留めなかった。今宵《こよい》霧子の返答を貰えねば、この世の終わりくらいに覚悟を決めていた。

「驚きました」

と霧子が呟いた。

「後悔をなさいましょうに」

「そなたにわが正直な気持ちを告げずして悔いるより、正直な心情を告げて、嫌だと断られるほうがまだましだ。霧子、正直な気持ちを聞かせてくれ」

船はいつしか大川に出ていた。

御船手方が不意に、

「土佐の殿《との》さん、酒を呑む、一斗しょ二斗しょ、はあ、よさこいよさこい」

と渋い声で歌い始めた。若い二人の熱情にふれて、土佐の民謡を歌い、祝ってくれたのだろう。

利次郎と霧子は、水上で互いの顔を見つめながら小梅村を目指した。

吾妻橋《あづまばし》を潜ったとき、霧子が言った。

「利次郎様、尚武館での修行が私とのことで少しでも妨げられるようなれば、私は利次郎様の前から姿を消します」

「これまで以上に尚武館道場での修行に精を出す。約束する」

利次郎の言葉を聞いた霧子がこっくりと頷いた。

「ようございましたな、重富利次郎様」

と御船手方が独りごとのように洩らした。

「ああ、なにやら天下をとったような気分だ」

「さあて、どちらに船を向けますな」

「このまま荒川の源流まで漕《こ》ぎ上がってくれてもよい」

「はっはっはは」

と御船手方が笑った。

「船頭どの、あちら岸の三囲稲荷の南側の水路に入ってください」

と霧子が願った。

「承知しました」

同じ刻限、坂崎磐音と松平辰平の二人は、松平家の提灯を借り受けて辰平が持ち、吾妻橋を渡っていた。

松平家ではなんの前触れもなく戻ってきた辰平と磐音を大いに歓迎して、急ぎ夕餉《ゆうげ》の仕度をしてくれた。酒食をともにしながら、武者修行のあれこれを倅の口から直《じか》に聞いた両親は、驚いたり感心したりした。そして、酒に酔ったか倅の話に酔ったか、喜内が言い出したものだ。

「若先生、五年前、佃島《つくだじま》で若先生とおこん様の供をする辰平を見送ったとき、それがし、かくも辰平がしっかりとした五体と面構えをして戻ろうとは夢想だにしませんでした。いや、こやつの心底は見抜いておりました。若先生の供と言いながら、真の願いは若先生方と別れて、独りでの気楽な武者修行にあることをな」

父の言葉に辰平がいささか驚きの顔をした。

「いいえ、独りになって旅を始めたとき、武者修行がどのように厳しいものか分かろう。そのとき、なにかと理由をつけて早々に江戸に戻ってこようと内心考えておったのでござる。それが他国で五年の修行に耐えてくれた。倅の前ですが、五年の歳月を無駄にしなかったことを顔付きが表しております。それもこれも、磐音若先生とおこん様のお蔭にござる。喜内、かくお礼申す」

喜内に頭を下げられ、辰平までが見習って磐音は戸惑った。

「松平様、生半可な気持ちで五年も独り旅ができるはずもございません。これ偏《ひとえ》に辰平どのが、しっかりとした気持ちを保持されたからにございましょう。倅どのの頑張りを褒めてください」

喜内のかたわらから、お稲が磐音に酒を勧めながら、

「おまえ様、かたい修行ばかりではのうて、女性《にょしょう》から文が届く付き合いもあったのですよ。辰平、あのお方はどなたか、文にはなんと書いてございましたな」

「母上、未だ書状を披《ひら》いておりません」

「辰平、ひとりでじっくりと読むつもりなのですね」

「私宛ての文にございます」

「そなたは、箱崎屋のお嬢様のお杏様に文を返されたのでしょうね」

「お杏様がわが屋敷に文をくれたことなど存じません。博多逗留中に世話になりましたゆえ、四度ほど礼状を出しました」

と答えた辰平が驚きの顔に変えて、

「母上、お杏様が箱崎屋の娘とどうして承知なのですか。まさか封を披いてお読みになったのではありますまいな」

「倅に宛てられた書状を披くなど恥ずべき所行を、母がなすとお思いですか」

「となると、どうしてそのことを」

「そなたはお杏様に、屋敷が江戸の稲荷小路にあることを言い残されたのですね」

「まあ、あれこれと世話になったのです。江戸においでの節はお立ち寄りくださいくらいを言い残すのは礼儀にございましょう」

「ならば、そなた、お杏様が文を遣わされることを願うてはおられなかったのですか」

「いえ、それは」

母の追及に、しどろもどろになった辰平が、

「母上、どうして箱崎屋の娘とお分かりになったのですか」

と反撃した。

「辰平どの、至極他愛ないことと思われるがな」

かたわらから磐音が言った。

「そなたが福岡城下に逗留する前に、それがしとおこんが箱崎屋に世話になったのじゃぞ」

「そうでした」

「博多の大商人箱崎屋と今津屋はすでに昵懇《じっこん》、番頭同士が書状のやり取りをなす仲じゃ。母御は今津屋に由蔵どのを訪ねられた、それだけのことであろう」

「あっ、そうか」

辰平がようやく得心したものだ。

「若先生、お杏様は末娘じゃそうにございますね」

「はい。見目麗しい利発な娘御にございます」

「箱崎屋は西国有数の商人、娘を江戸に嫁に出されましょうかな」

「これ、お稲、いささか気の早い問いではないか。若先生も返事に困惑なされよう」

喜内がお稲を制した。

「喜内様の仰せのとおり、若い方々の間は気長に見守っていくのが肝心かと存じます」

との磐音の言葉でお稲の追及もやんだ。

吾妻橋を渡り、大川左岸を上流へ少しばかり遡《さかのぼ》ると、源森川《げんもりがわ》に差しかかる。川を源森橋で渡ると、水戸家の抱え屋敷の長い塀が伸びていて、それを過ぎると小梅村だ。三囲稲荷近くの今津屋の御寮と尚武館坂崎道場はすぐそこだ。

尚武館坂崎道場は今津屋の厚意に甘えるとして、いつまでも御寮に住み続けるわけにはいくまいと磐音は考えていた。

だが、道場から離れるのもなにかと不便だ。尚武館道場のかたわらに小さな家を建てるか、となればまず今津屋に御寮を返却する旨を伝え、尚武館の敷地に小家を建てる許しを改めて願おうと考えをまとめた。

利次郎と霧子は尚武館坂崎道場の船着場から土佐藩の船を見送った。

「本日は長い一日であったな。疲れたのではないか」

霧子のことを利次郎は改めて気にかけた。

「私にとって初めての経験にございました。おこん様の偉さがつくづく分かりました」

「なぜだ」

「雑賀泰造《たいぞう》一党の暮らしは、他人の気持ちを考えることなどありませんでした。

人を踏みつけて生きていく暮らしにございます。ですが、おこん様が辿られた道は険しいものです。長屋生まれの娘が大店《おおだな》の奥向きを任されるまでには、身分違いのお武家や商人衆と上手に付き合い、心を砕く要があったことでしょう。私にはとてもできません」

「霧子、そなたはそなたの道を歩め。おこん様の真似をしたところでどうなるものか。蟹は甲羅に似せて穴を掘るというぞ」

「今宵の利次郎様は冴えておいでです」

と答えた霧子と利次郎が同時に気付いた。

尚武館坂崎道場を殺気が囲み、白山がううっと唸《うな》る声がした。

霧子が振袖を帯にたくし込み、懐剣の紐を解いた。

「小田様と弥助様は気付いておられよう。中と外からこやつらを挟み討ちにせん。霧子、見ておれ」

「利次郎さん、私も尚武館の門弟にございます」

「じゃが、その形《なり》ではのう。動き難かろう」

「まあ、見ていてください」

霧子はあくまで戦いに加わる気だった。

自らに納得させた利次郎が霧子を従え、河岸道に上がった。

だが、尚武館の長屋門の前には人影はなかった。

「うむっ」

利次郎が鯉口《こいぐち》を切りながら訝しげに門前を確かめた。

「見えませんか。土塀の闇に姿を溶け込ませております」

霧子が振袖姿で門前へと足を運んだ。すると土塀の向こうから、
するり
と抜け出たように影が五つ六つ現れた。

門前だけでこの数だ。尚武館の四周をまだ囲んでいる様子があった。

「尚武館坂崎道場と承知であろうな」

と利次郎が問いかけた。

相手は答えない。

「もしやしてそなたら、六郷の渡しでわれらを待ちうけて芒の河原に潜んでいた者か」

相変わらずの沈黙を守っていたが気配が微妙に変わったのを、利次郎も霧子も

察していた。

「尚武館道場の再興をどなたかが嫌がって、そなたらを六郷の渡しに差し向けた。だが、目当ての坂崎磐音様ではなかったゆえ、今宵の来襲になったということか」

利次郎が推測逞《たくま》しく言った。

沈黙のままだ。

白山の吠え声が高くなった。

長屋門の上に人影が立った。

弥助だ。

「公儀御庭番衆、何用あってかような刻限に推参か」

弥助の声は、武士のそれに戻っていた。

「松浦《まつうら》弥助、なぜ吹上組《ふきあげぐみ》に復命せぬ」

「ちょいと曰《いわ》くがございましてね」

また弥助がいつもの口調に戻っていた。

「曰くとはなにか」

「甲賀《こうが》臑八《すねはち》のお頭《かしら》、おめえさん方の主《あるじ》はいったいだれにございますな。まさか家治様をないがしろにして、神田橋の主なんぞに尻尾を振っているんじゃございますまいな」

「公儀御庭番衆を勝手に抜けた者の末路がどうなるか承知じゃな」

「抜けたかどうか、復命するのは吹上組の頭だけにございますよ。道灌組《どうかんぐみ》のおまえ様には関わりなきこと」

平然と応じた弥助が、

「ただ今のわっしの主様は、尚武館坂崎道場の坂崎磐音様にございましてな。主の許しもなくおめえさん方に黙って討たれるわけにはいかないんでございますよ」

「ならば坂崎磐音とともにあの世に送ってやろうではないか」

ぎいっ
長屋門が開くと小田平助が槍折れを小脇《こわき》に立っていた。

「坂崎磐音ではないな」

「わしのことね。弥助さんと同じ、こん尚武館坂崎道場の押しかけ居候《いそうろう》たいね。主どのの手を煩《わずら》わすこともなかろ。弥助さんと二人でくさ、相手しまっしょ」

「弥助様、小田様、この重富利次郎も戦列に加えてくだされ」

「同じく私も相手します」

「おや、今宵の霧子は出かけたときよりも一段と艶やかだな。それで戦えるかえ」

弥助が長屋門の屋根から笑った。

「師匠、主を取り違える御庭番衆の相手など、この霧子ひとりで十分にございます」

霧子が応じると、甲賀臑八のかたわらの御庭番衆の一人が霧子目がけて虚空に飛び上がり、くるりくるりと前転して襲おうとした。その手に忍び刀が煌《きら》めいていた。

霧子も懐剣を逆手に持ち、虚空に舞った。

忍び装束と振袖がすれ違い、忍び刀と懐剣が交錯した。

振袖が鮮やかに月明かりに舞い、修羅《しゅら》場《ば》を潜った数がもたらす大胆さが一歩先んじて、灰色の忍び装束の喉《のど》から、

ぱあっ

と血飛沫《ちしぶき》が上がって、影が力を失い、

どさり

と落下した。

霧子は、

ふわり

と甲賀臑八の前に降り立った。

「おのれ、女忍びが」

臑八が手下に下知《げち》しようとしたとき、長閑な声が夜空に響いた。

「坂崎磐音、ただ今戻りました。公儀御庭番衆、この坂崎になんぞ御用にございますかな」

機先を制せられた甲賀臑八が我に返り、

「弥助、坂崎磐音、そなたらの命、今宵は預けおく」

と宣告すると、霧子が斃した手下の骸《むくろ》を抱えて闇に気配を消した。

二

翌朝、尚武館ではいつものように七つの刻限から朝稽古が始まった。

掃除を済ませ、稽古を始めたのは住み込みの松平辰平、重富利次郎、神原辰之助、霧子ら八人に、小田平助が客分格で加わった陣容だ。

門弟数が少ないだけに磐音と平助が指導する稽古の内容は厳しく、ふだんにも増して手抜きができない。一刻（二時間）ほど休みなく動き、

「坂崎磐音、江戸に戻る」

の報を聞いた旧尚武館時代の門弟が姿を見せる明け六つ（午前六時）に、ようやく二十人ほどの数になった。

その中には速水左近の二人の倅、杢之助と右近の姿もあった。

通いの門弟衆が姿を見せたとて、住み込み門弟が休めるわけではない。

時に三刻以上も続く稽古は、この数年磐音と旅を共にして姥捨の郷での厳しい稽古を重ねてきた辰平、利次郎には慣れたものだ。

だが、久しぶりに磐音が立ち合う濃密な稽古に、辰之助などは厠《かわや》に駆け込み、何度も胃液を吐き、井戸の水で口を濯ぎ、また道場に戻ってきた。

そんな様子を見ながら磐音は、自ら率いる尚武館道場の稽古を楽しんでいた。

「右近どの、構えが崩れておる」

十六歳の少年に向かって、磐音は姿勢、竹刀の構え方、足の運びなどの基本を丁寧に直した。

「よいか、人間とはいつしか知らず知らずのうちに楽な道を選ぶものでな。いったん悪癖が身につくと体の構えが崩れ、技の伸びがなくなる。若いうちに佐々木玲圓先生直伝の直心影流を思い出して、基本をしっかりと身につけることじゃ。さすれば小野派《おのは》一刀《いっとう》流の達人の父上を凌《しの》ぐ剣客に育たれよう」

「父を凌ぐ剣者になれましょうか」

　右近が磬音に尋ねた。

「超えられぬと思われるか」

「私ども兄弟、尚武館に入門する以前、父から実戦形式でしごかれる剣術の稽古が嫌で嫌でたまりませんでした。兄と二人、父が城から戻ると、屋敷の蔵などに隠れておったこともございます。父もそのことに気付いたのでございましょう。しばらく私どもに稽古をつけようとはしませんでした」

「そのようなことがござったか。たしか神保小路にお二人が見えたのは、十四歳と十二歳の春であったな」

「安永七年の正月に、若先生がおこん様と一緒にわが屋敷に年賀の挨拶に参られた折り、父から本式な剣術修行を尚武館でせよと命が下り、具足開きの日より稽古に参ったのが、始めでございました」

安永七年の正月、磐音がおこんを伴い表猿楽町の速水家を訪ねたのには理由があった。おこんは、佐々木道場の後継の磐音に嫁ぐため、いったん速水家の養女になることが決まっていたからだった。

おこんは、短い日々だが杢之助、右近兄弟の義姉として過ごしていた。おこんは旗本速水家の養女として佐々木家の嫁になったのだ。

「いずれおこん様が嫁に入られる尚武館道場でなら、剣術の稽古も楽しかろうと思ったのです。ところが佐々木家に入られたおこん様は、道場の稽古に関しましてはことのほか泣き言を許されず、たちまち私どもを道場に追い立てられました」

「おこんがな」

「そのうち、いつしか剣術の稽古が楽しく思えるようになってきたのです」

「右近どの、そなたらには悪いと思うておる。養父が亡くなり、それがしが江戸を離れた折り、そなたらは体が日に日に育つ成長の時期であった。にも拘《かかわ》らず直心影流の基本が身につく前に師を失い、御父上の左近様と別れねばならなかった」

と詫びた磐音は、兄の杢之助を呼び、弟の右近と一緒に直心影流の基本のかたちと動きを教え込んでいった。

磐音は二人の兄弟を教えながら、甲府勤番、俗にいう山流しに遭わされた速水左近のことを思い出していた。そして、なんとしても江戸に戻っていただきたいと、京での工作が成功を収めることを願っていた。

四つ（午前十時）の刻限になっても門弟二十人の数は変わりない。

田沼意次一派が尚武館坂崎道場の経営を阻害せんがために、旧門弟が戻ることを、また新たに入門する者がなきよう邪魔立てしていることは明白だった。

玄関先に人影が立ち、小田平助が応対に出た。

「なんぞ御用やろか」

黒羽織姿の形《なり》は御家人か。

「神保小路にあった直心影流尚武館道場にござろうか」

「いかにもあん道場の流れ、尚武館坂崎道場にございますばい」

「入門したく訪れた。稽古を見物できようか」

「そりゃ歓迎たいね、きのう始まったばっかりの道場たい、入門したいちゅう奇特な方は初めてばい。上がらんね」

平助が入門希望者を案内するように背を向けた。

その瞬間、平助はぞくりとする悪寒を背筋に感じた。

(ありゃ、鬼の霍乱《かくらん》やろか、風邪《かぜ》ばひいたとやろか)

と内心思いながら、

「若先生、入門を願われるお方でございますばい。稽古ば見物したいとな」

と平助に案内されてきた黒羽織は実直そうな挙動と形だった。

だが、磐音は落ち着いた挙動の背後になんとなく違和感を抱いていた。

「それがしが当道場の坂崎磐音にござる」

と磐音から声をかけると、

「坂崎先生にござるか、それがし、御家人二半場《にはんば》、蟋蟀駿次郎《こおろぎしゅんじろう》と申す。本日は直心影流の稽古を見物したく参った」

と丁寧に名乗った。

御家人二半場と名乗るのは丁重《ていちょう》といえば丁重にすぎた。

将軍の直属の家臣には、大きくわけて旗本と御家人の二つがあった。

旗本は旗下の意味で、戦陣において将軍の本営近くに控える者で知行高《ちぎょうだか》一万石未満を差した。御家人は本来、将軍との主従関係を意味する言葉で、旗本と同じ意を持つものであった。だが、江戸幕府では旗本は将軍に御目見《おめみえ》以上、御家人は御目見以下と、およそ区別された。

この御家人の家格には、譜代《ふだい》、二半場、抱入《かかえいれ》（抱席）の区別があった。

譜代とは初代将軍家康から四代家綱までの間に留守居与力、同心などを務めた家系の子孫だ。抱入は、五代綱吉以後、大番与力、同心などに新たに召し抱えられた者だ。

二半場とは、家康から家綱まで四代の間に西の丸留守居同心などを務めた子孫だが、譜代には入れず、抱入との中間という意味で二半場と称した。

譜代と二半場は隠居して家督《かとく》相続させることができた。一方、抱入は一代かぎりの奉公で、隠居や死去によって御家人身分を失うことになる。だが、町奉行所の同心のように、子や近親者を抱入のかたちで世襲奉公させた。

ともあれ二半場と名乗った蟋蟀は、家康から家綱までの間に西の丸に奉公していた者の子孫ということになる。

「坂崎先生は、先の西の丸家基様の剣術指南役にございましたな」

と蟋蟀が言い出した。

「いかにも家基様にお教え申しました。蟋蟀どのとその節、お目にかかったであろうか」

「それがし、目付支配無役ゆえ、西の丸様のお近くにお仕えする身分にはございませぬ」

頷いた磐音が、

「蟋蟀どの、剣術ばかりは見物したとてなんの役にも立ちませぬ。ご一緒に稽古をなされませぬか」

と誘った。

「なに、いきなり稽古を許されるか」

蟋蟀が迷った表情を見せた。

「利次郎どの、蟋蟀どのに竹刀をお貸しなされ」

入門希望者との会話を聞いていた利次郎に磐音が命じた。そこまで言われた蟋蟀も覚悟せざるをえない。縁側の見物席で手にしていた大刀に腰の小刀を添えて置き、羽織を脱いだ。

「昨日、看板を掲げたばかりの尚武館道場ゆえ、稽古着の用意がござらぬ。自服で勘弁願いたい」

と言った磐音自ら竹刀をとり、

「蟋蟀どの、流儀をお聞きいたそうか」

「坂崎先生自らご指導くださるか」

「迷惑かな」

「なんの、迷惑ということがありましょうか。それがし、二半場流とでも申そうか、我流の剣術にござる」

「二半場流にござるか、結構。拝見いたす」

と磐音が先に正眼《せいがん》に竹刀を置いた。

蟋蟀が逡巡を振り切るように竹刀を構えたが、

「それがしにはこの竹刀、いささか短うござる」

と下ろした。

「利次郎、定寸《じょうすん》より長き竹刀を持て」

「あいやしばらく。坂崎先生との立ち合いにござれば、それがしが望む道具でよかろうか」

「むろん、木刀にても真剣にても構いませぬ」

蟋蟀は頷くと縁側に戻り、竹刀に替えて黒鞘《くろざや》の剣を腰に戻した。だが、その様子に尚武館道場のだれもが驚きの様子を示さない。

旧尚武館佐々木道場時代からいろいろな武術家が佐々木玲圓、坂崎磐音を倒さんと訪れ、時に真剣勝負を展開した経験があったからだ。

蟋蟀駿次郎がくるりと磐音に向き直ったとき、形相《ぎょうそう》が変じていた。

「坂崎先生、得物《えもの》は」

「稽古ゆえ、竹刀にて構いませぬ」

「う、うう」

短く唸った蟋蟀が、改めて覚悟を決めたように、再び磐音の前に立った。

「蟋蟀どの、そなた、どなたかに雇われたお方かな」

「もはや問答無用にござる」

入門希望者が吐く言葉ではない。

蟋蟀が剣を抜いた。

刃渡り二尺九寸（約八十八センチ）はあろうか。太刀を打刀《うちがたな》に拵《こしら》え直した古剣だった。御家人二半場が持つにはいささか大業物《おおわざもの》だった。

「拝見いたそうか」

蟋蟀は大業物を左手一本に保持すると上段をとり、突きの構えまでゆっくりと下ろしてきた。

一撃必殺の気構えだ。

(刺客、はてたれが放ったものか)

磐音は竹刀をいつもの如く正眼に構えた。すると辺りになんとも長閑な雰囲気が漂った。

「春先の縁側で日向ぼっこをしながら居眠りをしている年寄り猫」

のようだと剣術の最初の師、中戸《なかと》信継《のぶつぐ》が評した居眠り剣法の構えだ。

「居眠り剣法とはこれか」

「それを承知にございますか、蟋蟀どの」

「知らいでか」

と吐き捨てた蟋蟀は、片手突きの構えに右手を添えた。

その挙動を磐音はただ見ていた。

「いえ、えええいっ！」

裂帛《れっぱく》の気合いとともに大業物の切っ先に渾身の力を込めて、蟋蟀駿次郎が磐音の喉を襲った。

殺気満満の気が磐音に押し寄せてきたが、磐音は動かない。

間合いを測って相手の動きをじっくりと見た磐音の竹刀が動いたのは、切っ先が一尺余に迫ったときだ。

竹刀が一閃し、

ばしり

と反《そ》りが強い大業物の平地を弾くと、弾いた竹刀の先が変幻して蟋蟀駿次郎の喉を反対に突いていた。

蟋蟀の体が後方へと飛ばされて尚武館道場の床に転がり、悶絶《もんぜつ》した。

道場は森閑として声もない。

「辰平どの、利次郎どの。蟋蟀どのを持ち物とともに船着場に運んでください。おそらく仲間が引き取っていかれよう」

と磐音が命じ、はっ、と心得た門弟たちが蟋蟀の体と羽織と大業物、小刀を道場から運び去った。

その中に霧子がいないことを磐音は確かめていた。

「若先生、こりゃ退屈せんばい。なんやかやと訪ねてくる人がおられるたい」

磐音のかたわらに平助が寄ってきて話しかけた。

「弥助どのの姿を朝から見ておらぬが」

「弥助さんはたい、昨夜の連中のことを調べるち言い残されて、夜半に長屋を出られましたばい」

「ご苦労にござったな。なにやら江戸じゅうがわれらの戻りを待っておったようじゃ」

「若先生、弥助さんとの付き合いは古かとやろ」

「平助どのの生まれ在所の長崎街道遠賀川《おんが》の渡し場で、薬売り姿の弥助どのと会《お》うたのが、たしか九年前でしたか」

「なに、遠賀川の渡し場で会うたとな。そりゃまた奇縁たいね」

「それがし、十年目にして初めて弥助どのが松浦姓であることを知りました」

「ふっふっふ、若先生の周りにはたい、奇妙な人がよう集まるたいね。人徳やろか」

「平助どのもそのお一人です」

「わしゃ、なんの隠しごともなかもん。ただの居候爺たいね」

「いえいえ、尚武館道場は小田平助どのなくば成り立ちませんばい」

磐音が平助の言葉を真似て笑いかけた。

そこへおこんが姿を見せ、

「稽古はそろそろ終わりにございましょう。昼餉の仕度ができておりますよ」

と告げた。そして、

「杢之助様、右近様、昼餉を食して屋敷にお戻りなさい」

と兄弟を誘った。

尚武館道場は、神保小路時代から朝餉と昼餉を兼ねて一日二食だった。早朝七つから住み込み門弟の稽古が始まるために、このような仕来りが定まったのだ。また腹を膨らませて猛稽古はできなかった。

小梅村の尚武館も神保小路の仕来りを踏襲していた。

「いえ、屋敷に戻ります」

杢之助が遠慮した。すると次男の右近が恨めしそうに兄を見た。

「おや、杢之助様、義姉の申すことを聞き入れてはくださらぬのですか」

「兄上、腹を減らして川向こうに戻る気か。なにより義姉上の申されることを聞かぬのはよくないぞ」

「そうは言うても、母上に断っておらぬ」

杢之助が呟き、

「明日からは母上にお断りしてこられよ」

と磐音に言われて、

「若先生、ほんとうに遠慮のう頂戴してよいのでございますか」

と杢之助がそれでも気にした。

「尚武館と速水家は親戚の付き合いにござる。遠慮は無用です」

と磐音が言うところに辰平らが戻ってきて、

「蟋蟀駿次郎の旦那は、二人の仲間を連れて尚武館に乗り込んできたようです。猪牙舟に乗せて運んでいきました」

と利次郎が報告した。

「そのあと、霧子がこの界隈《かいわい》の娘の形《なり》に扮《ふん》して小舟で追いかけていきました」

と辰平も言い添えた。

「霧子は稽古のあと、腹を減らして尾行をしておるとは、なんとも気の毒な」

利次郎が同情の言葉を吐きながら、同道すればよかったという顔をした。

「利次郎さん、鶏肉を炊き込んだ握り飯を持参させております。今頃は櫓を漕ぎながら握り飯を食べておりましょう」

「おこん様、なんですと。霧子が櫓を漕ぎながら飯を食うですと。尚武館の恥にございますぞ」

「霧子さんはただ今この界隈の百姓娘に扮しておられます。もし重富家に嫁に入られるようなことがあれば、霧子さんにはちゃんと武家の作法を教えて送り出します」

「えっ、霧子が嫁にでございますか。ほんとうにそのようなことがございましょうか」

「それを利次郎さんはお望みではないのですか」

「いえ、望んでおりますとも」

「ならば叶《かな》うように精々努力してくださいませ」

「はっ、はい」

と利次郎が素直に返事をした。

三

小梅村の尚武館坂崎道場に霧子が独り櫓を漕ぎながら戻ってきたのは、八つ(午後二時)過ぎだった。

船着場に出迎えたのは重富利次郎だ。

「霧子、怪我はないか、危ない目には遭わなかったか。この次の御用の際は、この利次郎も同道いたす。よいな、声をかけてくれ」

と急《せ》き込んで霧子に言いかけた。

「利次郎さん、それでは御用が務まりませぬ」

「なぜだ」

「利次郎さんは余りにも目立ちすぎます」

「そうか目立つか。体《なり》が大きいでな、小さくなれと言われてもな」

「利次郎さんには利次郎さんの働き場所がございます」

舫い綱を利次郎に預けた霧子が、母屋に磐音を訪ねた。すると磐音は、おこんの手伝いで外出の仕度をなしていた。

「霧子、ご苦労であったな」

「蟋蟀様方三人は、一橋御門のお上がり場に船を着け、神保小路の新屋敷に姿を消されました」

「新屋敷とは旧尚武館佐々木道場のことか。新しい住人は日向鵬齊といわれなかったか」

「はい」

「道場は田沼派の拠点に変わったか」

「どうやらその様子にございます。蟋蟀様が担ぎ込まれた新屋敷に医師が呼ばれました。もちろん、桂川甫周先生ではございません」

「桂川先生は御典医、西の丸奉公の無役の下士が呼べるお医師ではないからな」

「若先生、日中のこともあり、新屋敷に踏み込む無理はしませんでした」

「それでよい。われらが江戸を不在にした間に、こちらの事情も大きく変わっておろう。無理をするよりまずは相手方の出方、動きを探ることに専念いたそうか」

「師匠はお帰りですか」

「弥助どのは出かけられたままじゃ。こちらの相手もまたそう容易く尻尾を出すまい。あれこれと探りを入れておられるのであろう」

霧子はしばし思案していたが、

「若先生、お出かけのご様子、舟で供をいたします」

「霧子、戻ってきたばかりではないか」

「辰平さんや利次郎さんは目立ちすぎます」

「そうじゃな。尚武館にどなたが訪れるやもしれぬ。小田平助どのを頭にして辰平どの、利次郎どの方はこちらに残ってもらおうか」

「はい。姿を変えます」

と答える霧子に、

「霧子さん、こちらにおいでなさい。今津屋時代の衣服の虫干しをしております。その中からなにか選びましょう」

「おこん様、振袖は勘弁してください」

霧子が真剣な顔でおこんに願った。

「振袖は嫌いですか」

「嫌いではございませんが、なんだか自分ではないようで。それになんとも窮屈です」

と霧子が困惑の体《てい》で応じた。

「どなたかが霧子さんの振袖姿に見惚《みと》れておりましたよ。それほどよく似合っておいでてした」

「利次郎さんは振袖を着た私を見て以来、私が雑賀衆の育ちということをお忘れになったようです。最前も船着場で怪我はないか、危ない目には遭わなかったかとうるさく問い質されました」

「ふっふっふ、利次郎さんの振袖熱は当分冷めないかもしれませんね」

おこんが笑い、百姓娘姿の霧子の装いを変えるためにおこんの座敷に連れていった。

「霧子、それがしは道場におる。着替えは慌てずともよい」

と言い残し、磐音は縁側に季助が回してくれた草履を履いた。

縁側にはおこんが秋の陽射《ひざ》しを避けるために塗笠を用意していた。その笠を被《かぶ》り、手に備前包平《かねひら》を下げると、御寮の母屋から尚武館道場に回った。すると野天道場で小田平助を師にして槍折れの稽古が始まるところだった。

「平助どの、あとはよしなに願います」

「若先生、任せてくれんね」

磐音と平助の間には話し合いができているようで、平助が即答した。

「お出かけにお供は要りませぬか。不肖重富利次郎がお供いたしますが」

利次郎が磐音に声をかけてきた。

「霧子が舟で送ってくれるそうじゃ」

「ならばそれがしも」

「槍折れの稽古が大事じゃ。あれこれ小梅村に関心を持つお方がおられるゆえ、利次郎どのにはこちらの留守をしっかりと願おう」

利次郎はなんとも残念そうな顔を見せたが、磐音は船着場に向かった。その背

に、

「昨日から新たに加えた槍折れ両手素振《すぶ》りからいきますばい。ほれ、利次郎さん、目ば落ち着かせない。そげんことではたい、槍折れの先がくさ、朋輩にあたって怪我させるばい」

　平助の注意する声がした。

　磐音は長屋門の下の白山の綱を外すと、しばらく堀端を散歩させることにした。霧子の着替えにもう少し時を要すると思ったからだ。

　白山は主一家が江戸に戻ってきたことを敏感に察して、表情が生き生きとしていた。堀の土手には銀色に輝く芒の穂波があった。そのせいか、白山は芒の下で片足を上げて気持ちよさそうに小便をした。

「おまえもわれらの帰りを待ちわびていたと見ゆるな」

　磐音の話しかけに尻尾を振って応えた。そこへお店《たな》の女衆の形《なり》に変身した霧子が姿を見せ、両の袖を広げて、

「おこん様が今津屋で奉公されていたときのお仕着せです。振袖よりずっと気持ちが楽です」

　と苦笑いした。

さすがは下忍集団の雑賀泰造のもとで育てられた霧子だ。衣服に合わせて大店の娘にも奉公人にも百姓娘にも、その挙措や顔付きまで変えることができた。

磐音が白山を門下の小屋に連れ戻す間に、霧子が舟の仕度をなした。

菅笠《すげがさ》を被り、襷《たすき》をかけた女船頭の櫓で尚武館道場の船着場を離れた。

「どちらに参りますか」

「まず鵜飼百助様にお礼に参る。本所吉岡町ゆえ、法恩寺《ほうおんじ》橋際に舟を着けてもらおうか」

ならば、と即座に呑み込んだ霧子が、大川と並行する分流に舟を乗り入れた。この流れは源森川に向かうのだ。

辺りには小梅村の緑溢れる田園と水辺が広がり、江戸とは違う景色で、長旅をしてきた磐音や霧子の目に、ほっと安堵させるなにかがあった。

源森橋で源森川に出た舟を東に向け、小梅瓦町で横川へと乗り入れた。業平《なりひら》橋を潜ってしばらく行くと地蔵の竹蔵親分の店がある法恩寺橋だ。

「霧子、鵜飼様には礼を述べるだけゆえ、長くはかかるまい」

「舟でお待ちします」

霧子は手際よく橋の西詰で猪牙舟を舫う場所を見つけた。磐音は舫い綱を手に船着場にひょいと飛び移り、舟を繋いで石段を上がった。

本所吉岡町は橋から三丁ほど西に向かったところだ。砂を入れた貧乏徳利を戸の内側に吊《つ》るした板戸は押すと開き、放すと徳利の重しで勝手に閉じた。

馴染《なじ》みの研ぎ場に向かうと、表に薄紅色の萩が咲き乱れていた。

研ぎ場では鵜飼百助老人の声がしていた。研ぎのやり方を教え込むような言葉遣いだった。弟子をとったのか。

笠を脱ぎ、

「ご免くだされ」

と戸口に立った磐音を、天神鬚《てんじんひげ》の百助がしばし見ていたが、

「尚武館の主どののご帰着か。なんとも嬉しいことよ」

と立ち上がった。

天神鬚はさらに一段と白くなり、射《さ》し込む秋の陽射しに艶《つや》やかに光っていた。

「一昨日、永の旅より小梅村の今津屋の御寮に戻って参りました。まず鵜飼様には、神保小路の尚武館佐々木道場で見つかった五条国永の研ぎの礼を申し上げねばと伺いました。年来のご苦心にそれがしなにも報いておりませぬ。このとおりにございます」

磐音は腰を折って頭を下げた。

「坂崎どの、研ぎ料は今津屋から過分に頂戴した」

「それにございます。今津屋にわれらすべてを助けられて生きております。こちらのあと、今津屋にお礼に参るところです」

「それもこれも坂崎磐音の人徳がなせる業であろうよ。このもう一振りはしばし時を貸してくだされよ。こちらもなかなかの太刀と見た。楽しみにしていなされ」

と百助老人が天神鬚を扱《しご》いた。

「お弟子をとられましたか」

「坂崎どのは初めてであったかのう。次男坊の放蕩息子が屋敷に戻ってきましてな、御家人は継ぎとうないが、研ぎを教えてくれとぬかしおる。言い草が気にいらぬが、わしが三十七のときに生まれた子じゃゆえ、二十歳を過ぎておる。一から教える弟子となるといささか修業が遅すぎようが、門前の小僧でな、十三、四の頃は研ぎ場に入り浸っておったで、研ぎのやり方は一応承知しておる。まあ、わしがこの命尽きるまで教えきれば、なんとか物になるやもしれぬ」

と言葉では厳しい言い方だが、倅が跡継ぎになった喜びが言外に溢れていた。

「信助《しんすけ》、尚武館の坂崎磐音どのじゃ、挨拶せよ」

身丈六尺豊かな倅が、

「鵜飼信助にございます。ご指導のほど願います」

と丁寧に挨拶した。

磐音は、そういえば鵜飼家には嫡男がおったはずだがどうしておられるか、と思い出したが口にはしなかった。

「坂崎磐音にござる。父御には一方《ひとかた》ならず世話になっており申す。こたび小梅村に尚武館道場を開きましたゆえ、お出かけくだされ」

「若先生、平助さんに案内されてな、小梅村の百姓家が道場に生まれ変わる折に訪ねましたぞ。神保小路には比べようもないが、なかなかの道場でございますな」

百助が新しい尚武館道場を褒めた。

「われら、一から新たな尚武館道場を始める気で戻ったところ、思いがけないことに、あのような立派な道場が待っておりました。これよりそのお礼に今津屋に伺います」

と重ねて同じ言葉を述べた磐音は、

「鵜飼様、信助どの、本所と尚武館は近間にございますれば、今後とも宜しゅうお付き合いのほどを」

と願って鵜飼の研ぎ場を後にした。

磐音が法恩寺橋際に戻ると地蔵の竹蔵親分が霧子と話をしていた。

「親分、鵜飼様の研ぎ場で倅どのの挨拶をうけた」

「信助さんだね。親父様の頑固一徹に逆らって屋敷を飛び出したはいいが、父と子、戻るところは吉岡町しかねえや。外に出て親父様の偉さを知ったというやつでさ。これから十年、みっちり修業をすれば、百助様の立派な跡継ぎができますって」

と親分が笑った。

「嫡男はどうしておられようか」

「分家の主が俄《にわ》かの病で亡くなられたんでさ、それでとり急ぎ体裁を整えて養子に入られたってわけで」

「さようでござったか。鵜飼様には信助どのが戻ってこられる予測がついておられたのであろう。親子というものはいいものじゃな」

えっへへっへへ、と笑った親分が、

「空也様がお生まれになって、坂崎様も父親の顔になられましたな」

と付け加えた。

霧子は猪牙舟を横川から竪《たて》川へと回し、三ッ目之橋、二ッ目之橋を潜り、六間堀との合流部で櫓を緩めた。磐音が六間堀の様子をゆっくりと見られるようにだ。

「変わらぬな。河岸道の柳も流れも、松井橋から山城橋が重なって見える景色も家並みも変わらぬ」

磐音は呟きながら、関前藩を抜け、素浪人として江戸暮らしを始めた界隈を眺めた。

「十年、いたずらに馬齢を重ねただけのような気がいたす」

と呟く磐音を霧子は櫓を使いながらただ見ていた。

竪川の一ッ目之橋を潜り、大川に出ると、霧子は右手に架かる両国橋を斜めに突っ切って上がり、神田川へと舳先を入れた。柳橋を抜けて浅草橋の船着場で舟を止めた。だが、この界隈は舟で込み合っていた。

「霧子、柳橋に戻り、船宿川清《かわせい》に願うてみよ。今津屋では長くなろうかと思う。そなたも舟の止め場所を見つけたら今津屋に参れ」

と命ずると浅草橋で磐音だけが下りた。

仲秋《ちゅうしゅう》から晩秋へとゆっくり移ろう両国西広小路の昼下がり、大勢の人々が往来し、浅草御門の軒下に巣を作った燕《つばめ》の子も巣立ちを終えていた。

そんな燕が人込みの上を飛翔していたが、不意に動きを変えて巣に戻ろうとした。

その直後、磐音は足元から突き上げるような衝動を覚え、次の瞬間、両国西広小路が大きく横揺れした。

「地震だ！」

と叫ぶ声がして往来の女子供から悲鳴が上がり、

「落ち着け、騒ぐでない。小田原地震の余震である。腰を屈めておれば鎮まる、騒ぐでないぞ」

下士と小者《こもの》を従えた下城途中の武家が慌てふためく人々を鎮めた。

磐音もなにか辺りに異変異状はないかと見回した。

天明二年七月十四、十五日と、相州《そうしゅう》小田原から江戸にかけて強い地震に見舞われた。

小田原城下では、城郭から民家まで大きな被害が出た。だが、磐音一行が一泊したお佐紀《さき》の実家の脇本陣小清水屋右七《わきほんじんこしみずやゆうしち》方は、幸いなことに大した被害はなかったとか。とはいえ、家が壊れた城下の住民が庭先に避難してきていて、大変な騒ぎだった。それでも磐音ら一行は、全員同じ部屋ながら泊まることができた。

ただ今の揺れも、小田原から江戸にかけて集中的に襲う地震の余波だった。

どうやら揺れが鎮まったところで米沢町の角にある両替商今津屋の店頭に立つと、なぜか表の大戸が下ろされていた。その前に辻駕籠が止まり、広小路の地震騒ぎを窺っていた。

(なんぞあったか)

磐音が潜り戸を開《ひら》こうとすると、わずかに開《あ》いた臆病窓から押し殺した声が聞こえてきた。

「われら、小田原藩大久保家家臣である。ただ今の地震の大因となった七月十五日の大地震により、城下は壊滅的な被害を被《こうむ》った。われら有志、江戸に出てかく喜捨《きしゃ》を願うておるところ。今津屋は江戸有数の商人であろう。五百両ほどの寄進を願う」

「大久保家とは昵懇の間柄、おまえ様方は大地震に事寄せて、押し込み強盗同然の真似をなさる気ですか」

老分番頭由蔵の気丈にも応ずる声がした。

磐音は駕籠屋に歩み寄った。

「駕籠屋どの、頼みがある」

「なんですね、お侍」

「息杖《いきづえ》を暫時《ざんじ》お貸し願いたい」

「こいつはわっしらの商売道具でさあ」

磐音の顔を見た駕籠かきが、

「おや、尚武館道場の若先生ではございませんか」

「いかにもさよう。今津屋を見よ。日中、大戸を閉ざして訝しいとは思わぬか。押し込みが入った気配がある。それがしが飛び込むゆえ、そなたらは大戸を開いてくれぬか」

駕籠かきが今津屋を見て、ほんとうだ、と呟くと先棒《さきぼう》が息杖を差し出した。

「借り受ける」

と断った磐音は、内側から押さえられている様子の潜り戸の前に立つと低い姿勢で構え、扉に体当たりをした。すると、
ぱあっ
と開いて、戸を押さえていた押し込みの仲間がごろりと店の土間に転がった。

磐音は勢いのままに飛び込むと息杖を構え、由蔵に掛け合う押し込みの頭分《かしら》に迫った。すると異変を感じた頭分が抜き身を下げて振り向いた。

振り向いた浪人風の男の鳩尾《みぞおち》を、磐音が息杖で突き上げると、くたくたと崩れ落ちた。

それを見た仲間が刀を振るって磐音に斬りかかった。だが、磐音は薄暗がりの中、疾風怒濤《しっぷうどとう》の動きで相手を叩きのめし、突き上げ、腰を殴りつけて、一瞬の間に頭分を含めて五人を制圧した。

そこへ駕籠屋が大戸を押し開いたので、急に今津屋の店先に光が射し込み、その場になんとか立っている押し込みは三人と知れた。

磐音の息杖がぐるりと回ってその一人を指した。

「おのれ！」

と抜いた刀を振りかぶろうとするところに、

「おやめなさい、あなた方が敵う相手ではございませんよ。直心影流尚武館道場の後継坂崎磐音様でございますよ。あなた方も運が悪うございましたな」

と由蔵が帳場格子《ちょうばごうし》の中から悠然と言いかけ、

「お客様に、お怪我はございませんか」

と土間の隅に集められた客に呼びかけた。

　事情を悟った押し込みの残党二人が表に飛び出そうとするところに霧子が立ち塞がり、駕籠屋の後棒《あとぼう》から借りた息杖の先で胸と鳩尾を突いて、今津屋の土間に転がし戻した。最後の一人は磐音の前に抜き身を捨て、抵抗の意思がないことを示した。

「よう、日本一、尚武館の若先生！」

　表戸を押し開いた駕籠かきの先棒が叫んで、

「小僧さん、ささっ、早く番屋に走り、お役人を呼んできなされよ」

と由蔵が応じて、白昼の押し込み強盗はしくじりに終わった。

四

　南町奉行所の定廻《じょうまわ》り同心木下一郎太が偶然にも、地元の御用聞き、柳橋の勘吉《かんきち》親分を従えて西広小路の番屋にいたとかで、今津屋に飛び込んできたのはまだ磐音が店頭にいたときのことだ。

「おや、江戸にお帰りになった早々お手柄ですか」

「木下どののほうこそお早い出陣にございますね」

と磐音が友に笑みで応じた。

「いえ、川向こうからこちらに戻ってきて勘吉の出迎えを受けたときに、ぐらぐらと大鯰《おおなまず》が悪さしやがった。橋の上が混乱に陥らないよう声を嗄《か》らして鎮めたところに、番屋に今津屋の小僧さんが飛び込んできましてね」

「それは幸運でした」

「今津屋の幸運はこやつらの不運」

と土間に転がる押し込み一味を睨んだ一郎太が、

「勘吉、突っ立っている野郎をお縄にしておけ」

と命じると、手が背中の後ろに回され、捕縄で手際よく縛られた。

「相州小田原の地震が江戸に移ったか、ここのところ三日にあげず地震がありましてね、その騒ぎに乗じて白昼の押し込みが大店に入り込み、表戸を下ろして銭箱を強奪していく騒ぎが頻発しております。今朝も年番方与力《ねんばんかたよりき》の笹塚孫一《ささづかまごいち》様が、災難に事寄せる悪人ばらをいつまで野放しにしておく、と檄《げき》を飛ばされたばかりでした。手口が似ておりますので、おそらくこの連中の仕業でしょう。尚武館の若先生の手柄と聞くと、きっと笹塚様は大喜びなされましょうな」

「おや、笹塚様は年番方与力に復帰なされましたか」

「坂崎さんは江戸に戻られたばかり、ご存じないのは当たり前です。笹塚様が与力筆頭の年番方をどなたかと近しいからと外されて以来、南町奉行所の成績振るわず、北町にだいぶ差をつけられましてね。『大頭《おおあたま》なくして南のお白洲はぺんぺん草に閑古鳥《かんこどり》』という落首《らくしゅ》が高札場《こうさつば》に張り出されたり、読売に書かれたりして、いくら田沼様の差し金とはいえ、さすがに奉行の牧野成賢《まきのせいげん》様も現場に笹塚様を復帰させざるを得なかったのです。それが半年ほども前のことでしょうか」

と一郎太が答えると由蔵が、

「おや、うっかりして、笹塚様の年番方復帰を坂崎さんにお伝えしませんでしたかな」

と二人の話に加わった。

大頭とは、南町の年番方与力笹塚孫一の異名だ。小柄なわりに大頭で、捕り方出張《でば》りともなると、大頭の上にちょこんと陣笠《じんがさ》が載っているのが名物だった。体《なり》は小さいが南町の知恵袋と言われて多くの手柄を立てた人物だ。

だが、田沼一派に睨まれて無役の閑職に落とされていた。なにしろ家治の側近であり、勝手掛《かってがかり》老中として田沼意次の権勢を支えた水野忠友《みずのただとも》の妹は、南町奉行牧野の実弟の嫁であった。牧野もそんな関わりから田沼派の圧力に屈し、南町の知恵袋を降格させていた。

そのことを磐音は気にかけていたが、一郎太と由蔵の話を聞いて、一つ安堵した。

「とにかく、この連中が白昼押し込みの一味だとすると、牧野様も尚武館にご挨拶くらいせねば済みますまい」

一郎太が顎で勘吉に指図した。

心得た老練な御用聞きが後ろ手に縛られた浪人に、

「浪人さん、四日前、本石町の和漢呉服問屋奈良屋太兵衛《ならやたへえ》方に押し入ったのは、おめえさん方だね。素直にさ、大番屋の調べの前に喋《しゃべ》っておいたほうが、おめえさんのためだがね。面《つら》は番頭以下奉公人が見てるんだ。奈良屋で抵抗する手代を斬ったのはおまえさんかえ。となると獄門は免れねえよ」

と脅《おど》すと、

「ま、待ってくれ。確かに奈良屋なる呉服屋に押し入った。それがしにとって初めての仕事でな。それがしは本日と同じく表戸を閉じる掛かりで、大した働きはさせてもらえなかった」

とあっさり答えたものだ。

「よかったな、大した働きでなくて」

「その代わり、分け前も実に薄い。二朱もらっただけだ」

「奈良屋の被害は百七十三両だぜ。おまえさんの分け前はたったの二朱か。もっともこうなりゃ、そいつが幸いしたね。命だけは助かったというわけだ」

勘吉と押し込みの一人との会話を聞いていた一郎太が、

「気を失っておる者は縄を打ってから意識を取り戻させよ。大番屋に引き立てるのだ」

ときびきびと命じた。

「木下どの、笹塚様にお伝え願えませんか。近々江戸帰着の挨拶に参ります、と」

「相分かりました。笹塚様の喜びようが目に見えるようです」

と一郎太が出入りの今津屋に会釈をして、

「きりきり引っ立てえ！」

と大番屋への移送を命じた。こうして地震騒ぎに乗じて白昼押し込みを働いてきたと思しき一味が、今津屋から南茅場町《みなみかやばちょう》の大番屋へと引き立てられていった。

磐音と霧子は今津屋の奥へと通された。

「坂崎様、江戸に戻られた早々に店に押し込んだ悪党どもをあっさり叩きのめしてくださるとは。いやはや、驚きました。また、なんとも心強いお方とご一統が江戸に戻ってこられたと大安心にございますよ」

と吉右衛門が満面の笑みで迎えた。そのかたわらではお佐紀がにこにこと、貫禄の笑みで迎えたものだ。

「今津屋どの、お佐紀どの、永の不在にございましたが、こたび江戸に無事戻ることができました。あの者たちの一件は出会いがしらの騒ぎ、それがし、なんの働きをなしたわけでもございません。常日頃、一味を追ってこられた木下一郎太どのらの執念が、今津屋に押し入るという愚かな行動をあの者たちにとらせたのでしょう」

と磐音が答え、

「おこん、それに空也の三人がこうして江戸に落ち着けたのも、今津屋どのが江戸に控えておられたお蔭にございます。また、われらが出立したとき以来、御寮をそのままにしておかれたそうな。恐縮至極に言葉もございません。さらに驚いたことに、それがしの足場となる尚武館道場まで用意していただき、坂崎磐音、どうお礼を申し上げてよいやら、身が縮まる思いにございます」

と二人の前に平伏すると、霧子も廊下から頭を下げた。

「坂崎様、私どもと若先生、おこんさんとの付き合いは、身内同然の縁《えにし》にございます。江戸の住まいや道場を用意するなど大したことではございませんよ。それよりうちは、坂崎様が江戸に戻られ、今津屋に出入りしておられるということが世間に知られればそれだけで、もう十分に元は取ったようなもの。いえ、坂崎様との付き合いを損得勘定で譬《たと》えて申し訳ございませんがな、これが商人の本音でございますよ。早速手土産《てみやげ》代わりに押し込み一味を手捕りになされた。いやはやお見事、というほかございません」

吉右衛門が言うところに、今津屋の商いの実質的な責任者の老分番頭由蔵が姿を見せた。

「旦那様とお内儀様は、おこんさんと空也様のお顔が見られのうていささか寂しゅうございましょうな」

とすでに二人に会った由蔵が鼻をうごめかした。

「老分さん、そのことに敢えて気が向かない振りをしていたのですよ。おこん様は二人目のお子を懐妊中とか。永の旅の疲れもございましょう。お目にかかれるまでもうしばらく辛抱いたしますよ。ねえ、おまえ様」

お佐紀が吉右衛門に話を振った。

「二人はもはや江戸におられるのです、会おうと思えばいつでも会えます」

と吉右衛門も応じた。

磐音は懐から美濃紙《みのがみ》で包んだ短冊より幾分大き目の薄板を出して、

「永の不在とご助勢に応えるべき品など、三千世界を探してもございますまい。それがしが知恵を絞った手土産にございます」

と差し出した。

「おや、坂崎様から手土産ですと。なんでございましょうな」

吉右衛門が受け取ると、包みから香《こう》の匂いが漂った。

「霧子さんや、そなたは承知か」

と由蔵が霧子に尋ねた。

「いえ、存じません」

「由蔵どの、この中身を見た者はおりません。おこんも知らぬものにございます」

「開けてよろしゅうございますかな」

吉右衛門の言葉に磬音が頷き、美濃紙を開いた。すると由蔵の座る場所からは、香を薫《た》き染《し》めた板製の短冊の裏が見えた。

吉右衛門が姿勢を正して両手に持ち、じいっとお札板の表を見詰めた。

長い沈黙と凝視だった。

「ふうっ」

と緊張を解く吐息がした。

「坂崎磬音様、今津屋の宝にございます」

と吉右衛門が言い、

「あなたというお方は」

と磬音に視線を預けながらその場にあるお佐紀と由蔵にお札板の表を見せた。

江戸両替商今津屋二十一日御祈禱之証
南無大師遍照金剛
高野山奥之院副教導室町光然

と墨痕《ぼっこん》鮮やかに記されていた。

「高野《こうや》槇《まき》のお札板に光然老師が筆をとられ、二十一日のあいだ、高野山の奥之院で朝な夕な読経《どきょう》と香にまぶされたお札板にございます。それがし、今津屋どのになにがお返しできるか考えた末に、老師にご相談願うたものにございます」

「旦那様、このようなお札板は分《ぶ》限者《げんしゃ》が万金を積んで願うたとて頂戴できるものではありませんぞ」

「老分さん、私どもは紀伊高野山に行かずしてかようなものを頂戴いたしました。私は決めました。生きている間に必ずや高野山詣でをいたします。その折りは坂崎様、案内願えますか」

「喜んで先導を務めます」

「分かりました」

とお佐紀が呟いた。

「空也様と、ご嫡男に名をお付けになった意味が」

「おお、そうか。空海様のお名から一字頂戴なされたか」

と吉右衛門が応じた。

「坂崎様方は高野山に近いところに逗留しておられたのですね」

と由蔵が念を押した。

「われら、尾張を追われたとき、世話になった尾州茶屋中島家では京に行くよう船旅をお膳立《ぜんだ》てしてくださいました。されど田沼派の刺客が待つ気配があったため、それがしは京を騒がすことを恐れて迷いました。身重のおこんがややこを産むためにどこに身を潜めるか、考えあぐねているとき、霧子が道案内に立ち、霧子の故郷というべき隠れ里に導いてくれたのです。その折り、険しい空の道をわれら死に物狂いで越えました。空也の空は空海様の慈悲のもとに生まれたこと、さらには空の道を臨月の体で越えたおこんの苦しみをも込めて空の道の空の一字をもろうたのです」

「なんと途方もない旅をなされたのでございましょう。それを聞いたらおこん様にも空也様にも今すぐお目にかかりとうございますが、もうしばらく小梅村で静養なされたのちにこちらから伺いましょうな、おまえ様」

お佐紀が吉右衛門に言い、主が頷いた。

「今津屋どの、それがしが本日こちらに伺うたのは御寮のことにございます」

「おや、なんぞ不都合がございましたかな」

磐音らの江戸帰着受け入れの総指揮をとったと思われる由蔵が尋ねた。

「由蔵どの、不都合などあろうはずもございません」

と応じた磐音が、

「最前の繰り返しになりますが、われら江戸に住まいと道場が用意されていようなど努々《ゆめゆめ》考えもしませんでした。再起を志す直心影流尚武館道場にとってまたとない足がかりにございます。されど御寮はわれらには贅沢《ぜいたく》に過ぎる住まいにござれば、道場のかたわらに小さな家を建てて引っ越そうと思います。お許し願えますか」

磐音の言葉に吉右衛門と由蔵が頷き合った。

「このような話が坂崎様から持ち出されようと、老分さんと何度も話し合いました」

吉右衛門は予測が当たったという顔で笑った。

「道場脇にお家を建てられるのは容易いことでございます。されど隣に御寮があるのです。それをわざわざ避けて小さな家に引っ越されることもございますまい。なにもうちは小梅村だけに御寮があるのではございませんでな。先々代の爺様は普請好きでしたゆえ、根岸にも浜御殿近くにもございます。なにも遠慮なさることはございません」

「旦那様が仰るとおり、坂崎様が住むことを遠慮なされたところで、御寮をうちが使うかといえば使いますまいな。この三年余、御寮に主がなかったようにです。家は住む人がいなければ傷むものです。この三年は小田平助様と季助さんが母屋の開《あ》け閉《た》てをして風や光を入れてくださったゆえ、なんの心配もございませんでした。坂崎様、人それぞれ器量に合わせて住まいも変わってまいりましょう。坂崎磐音様は、老中にして家治様の御側用人田沼意次様と天下分け目の戦いを控えておられるお方です。川向こうから神田橋を睨むためにも小梅村は入り用かと存じますが、いかがですかな」

吉右衛門と由蔵の説得に磐音は抗する言葉を思いつかなかった。

「おまえ様、お手のお札一枚と引き替えに、小梅村を坂崎様にお譲りになったら、いかがにございますか」

とお佐紀が大胆なことを提案し、

「おお、それはよい考えです」

と吉右衛門が即答した。

「お待ちくだされ。今津屋どの、お佐紀どの、ただ今のままに御寮を借り受けますゆえ、ご勘弁くだされ」

磐音が自ら言い出したことを取り下げた。

「坂崎様、まあそれがよろしい」

と吉右衛門が答えたとき、茶菓が運ばれてきた。間をおいての茶菓は、話が終わるのを待ってのことだと思えた。

「おお、おはつちゃんか。おそめちゃんかと一瞬間違えそうになったぞ」

と磐音が慌てた。

縫箔《ぬいはく》職人になったおそめの妹のおはつだった。今津屋奉公五年になり、もはや初々しくも娘盛りに育っていた。

「坂崎様、お帰りなされませ」

とおはつが磐音の目を見て挨拶した。

「おそめ姉さんも息災であろうな」

「はい。江三郎《こうざぶろう》親方のもとに奉公して五年余、近頃では大事なお品を任されるようになったそうです」

「それはよかった。近々会いに参る」

と言う磐音に会釈したおはつが主の居間から下がっていった。

磐音はおはつの淹《い》れた茶を喫すると、

「お佐紀どの、われら、小田原城下の小清水屋さんに一晩厄介になりました。右七どのが江戸には無事を知らせてあると申されておりましたが、小清水屋さんではご一家、奉公人ともに、死人もひどい怪我人も出なかったそうな」

「それを聞いて安心いたしました。小田原から大地震の知らせが伝わったときには、矢も楯《たて》も堪らず小田原に出立しようかと考えておりましたが、この江戸も最前のように地震に見舞われ、動くことが叶いませんでした。そのうち、家の者の無事を知らせる短い文が届きはしましたが、旅のお方が小田原城下の被害が甚《はなは》だしいことを噂されるものですから、また不安になっておりました」

「さすがは脇本陣として建てられた屋敷と旅籠《はたご》にございます。大きく壊れたところもなく、漬物蔵の外壁が剝《は》がれ落ちた程度のことにございましたそうな。それがしが見ても、旅籠の柱一本曲がったり倒れたりしたところは見当たりませんでした」

「やれやれ、これでひと安心です」

と吉右衛門が答えたところに振場《ふりば》役《やく》番頭の新三郎《しんざぶろう》が、

「老分さん、南町の笹塚孫一様がお見えで、坂崎磐音様にひと目お目にかかりたいとのことにございます」

「南町の知恵袋様、えらく早い動きにございますな」

と笑った由蔵が吉右衛門を見た。

「知らぬ仲ではなし、復帰なされてからお目にもかかっておりません。こちらにお通しなされ」

「それでは」

と言って新三郎が下がった。

どすんどすん

と小柄の割には廊下を踏み抜くような歩き方で姿を見せた笹塚孫一が、

「おお、懐かしきかな、坂崎磐音どの、待ちわびておったぞ。そなたのおらぬ江戸は火が消えた行灯《あんどん》のようで暗くていかぬ。それにだ、最前のように江戸にはびこる悪人ばらにとって、坂崎磐音は霊験《れいげん》あらたかな悪人除《よ》けのお札《ふだ》のようなものじゃ、歓迎いたす。なによりそなたがおらぬと、南町の銭箱に全く実入りがない。それでは御用聞き、手先どもを動かす費《つい》えに事欠く。なんでも事を運ぶのは金の力じゃ。そうそう、今津屋のように、小判のあるところにしか有為の人材は集まらぬ」

と歓迎の辞とも愚痴ともつかぬことを一気に喋った笹塚孫一が、

「お内儀、茶を一杯所望したい」

と告げた。

磐音は、

（それがし、南町の同心ではござらぬ）

と内心では思ったが、口にはしなかった。

第四章　挨拶回り

一

この日、磐音が予定していた訪問先は三軒だった。

だが、予測していたことながら今津屋訪問が長引き、南町奉行所年番方に復帰した笹塚孫一が座に加わったこともあり、夕餉の刻限まで邪魔をして、あれこれ尽きることのない話に、辞去したのは五つ（午後八時）の刻限だった。

この日、磐音は吉右衛門とお佐紀の二番目の子の吉次郎《きちじろう》と対面していた。今津屋は一太郎《いちたろう》、吉次郎と二人の男子が生まれて、由蔵はその昔、今津屋に跡継ぎがいないことでやきもきしたことなどすっかり忘れていた。

柳橋の船宿川清に帰府の挨拶をなし、馴染みの船頭小吉《こきち》に見送られて神田川から大川へと出た。すると合流部にいた船が、霧子の操る猪牙舟をやりすごしておいて、尾行してくる様子があった。

江戸に戻って以来のことだから尾行者を気にすることもない。

霧子は提灯を灯していたため、間をおいても見失うことはあるまい、と磐音は余計なことを思った。

大川に出ると、晩秋の十六夜《いざよい》の月が雲間から姿を見せた。すると大川の水面がきらきらと輝いた。

（養父上、養母上、江戸帰着の挨拶、しばしお待ちくだされ）

と磐音は心の中で念じた。

数日後には玲圓、おえいの月命日がくる。それまでにはなんとかして、と一丁ほど後ろから追尾してくる船を見た。

「霧子、そなたの師匠はどちらに参られたかのう」

「なんとなくでございますが、江戸を離れられたように思います」

霧子は磐音からそのことを訊かれることを予測していたかのように、即答した。

弥助が尚武館道場から姿を消して以降、ずうっと考え続けてきたことは想像に難くなかった。

「若先生、遠い地ではないような気がします」

「弥助どのは空也の爺様と称して年寄りのふりをなされておられるが、どうしてどうして体は若い。一日で二、三十里の往来はこなされよう」

磐音の言葉に霧子はなにも答えない。沈黙は、その程度ではないと告げているように磐音には思えた。

御厩河岸《おうまやがし》ノ渡しを過ぎた。むろんこの刻限では渡し船は終わっていた。

「霧子、早苗どののことじゃが、そなたの立ち場ならば、どういたすな」

と竹村武左衛門の長女のことを尋ねた。

早苗に歳が近い霧子の考えを聞いておきたかったからだ。

武左衛門は自ら士分を捨て、縁あって陸奥磐城平藩安藤家下屋敷の中間《ちゆうげん》奉公をして、一家は下屋敷のお長屋で暮らしていた。早苗は家計の足しにと尚武館佐々木道場に行儀見習いの名目で奉公に入った。だが、尚武館は消滅した。ために宮戸川の鉄五郎親方が一時身を預かることになり、深川名物鰻処宮戸川に奉公替えしていた。

武家と客商売のお店《たな》奉公という全く違う暮らしを、早苗はこの数年体験してきたことになる。宮戸川の女衆勤めも三年に及び、当然宮戸川への愛着もあろうし、早苗が心中で迷っていることは容易に考えられた。

「早苗さんは尚武館に戻られます」

霧子の答えは明白だった。

「それはまたどうしてか」

「若先生、早苗さんは、父上の武左衛門様に士分を全うして欲しかったという思いを心のどこかに残しておられます。それが尚武館佐々木道場勤めを決めた理由《わけ》でした。むろん宮戸川に三年も奉公すれば、鉄五郎親方はあのとおり侠気のあるお方ですし、幸吉さん方、奉公人もいい人ばかりです。名残り惜しい気持ちと、親方とおかみさんにすまないという気持ちに揺れておりましょう。ですが、間違いなく早苗さんは尚武館坂崎道場に戻ってきます」

と霧子が言いきった。

吾妻橋を潜ったとき、十六夜の月がまた雲に隠れた。あたりが急に暗くなり、舟の提灯の灯りだけがこの世の光明のようであった。

「鉄五郎親方に大きな借りを作ってしもうた」

「若先生はしばしば過ぎたお心遣いをなされます」

と思わず洩らした霧子が、

「若先生、申し訳ございません。生意気を申しました」

と慌てて詫びた。

「詫びることなどなにもない。それがしと武左衛門どのを足して二つに割ると、按配のいい人間ができるのやもしれぬ。ところが気性というものはなかなか変えられぬものでな」

「そのようなつもりで申し上げたのではございません」

「霧子、気にいたすな」

と応じた磐音が、

「それにしても若先生なる呼び名、おかしゅうはないか。もはや大先生はこの世におられぬ」

と突然話柄を変えた。それに対して霧子はしばし沈黙して考えた。

「確かに大先生は亡くなられました。ですが、私どもにとって坂崎磐音様はやはり尚武館の若先生にございます。今も大先生は、私どもの心の中におられます」

「若の一文字がとれて、大先生の後継になるのはいつの日か」

「若先生は、もはや立派な尚武館坂崎道場の主様にございます。空也様が成人なされれば、いつしか若先生は空也様にとって代わられます」

霧子は言外に、そのような瑣末《さまつ》なことを案ずるなと言っていた。

「それまでにはなんとしても尚武館佐々木道場を再興せぬとな」

と磐音が己に言い聞かせるように呟いた。

だが、もはや霧子は答えなかった。

左手に山谷堀が見えてきて夜空を明るく焦がしていた。吉原の灯りだった。

奈緒《なお》が一世を風靡《ふうび》した花魁《おいらん》時代は時のかなたに過ぎていた。

(奈緒、どうしておるか)

江戸に戻った磐音には、あれこれと思い迷うことが増えていた。奈緒を思う気持ちは、今や実の妹を思う気持ちに似ていた。

猪牙舟は三囲稲荷の南側の堀へと舳先を向けた。

「尾行の船が遠のきました」

と霧子が答えた。ということは、小梅村を見張る仲間と交代するということであろう。

尚武館道場の船着場に小舟を寄せた霧子に、

「ご苦労であったな」

「若先生、楽しい一日にございました」

と霧子が礼を言い、磐音は一足先に道場の潜り戸から敷地に入り、森閑とした道場に視線をやった後、道場の建物の南側を回って竹林から御寮の庭に出た。すると隅田川の水が回遊して造り出した泉水の水面にも十六夜の月が映っていた。

母屋の台所で人の気配を感じて、裏口に回った。戸口を開けると、台所の板の間に切り込まれた囲炉裏《いろり》端に弥助の姿があって、

「お帰りなさいませ」

と磐音を迎えた。顔には白髪《しらが》混じりの無精髭がのびて、疲れが漂っていた。だが、湯に浸《つ》かったか、浴衣《ゆかた》を着てさっぱりとしていた。

「どちらに参っておられたのですか」

磐音は囲炉裏端に座しながら問うた。

「へえ、武州秩父《ぶしゅうちちぶ》にある人を訪ねておりました」

「ほう、秩父ですか」

秩父までは小梅村から片道二十数里あった。弥助は二日足らずでこの距離を往復してきたことになる。

「先夜、尚武館道場に押しかけた公儀御庭番衆道灌組に関わりのあることですかな」

「仰るとおりにございます。わっしの正体、若先生はとくと承知だ。ですが、公儀御庭番衆吹上組とまではご存じございませんでしたな」

「先夜までは。また、そなたが松浦姓と初めて知り申した」

声もなく薄く笑った弥助が、

「若先生には説明の要もございませんが、われら上様直属の御庭番衆にございましてな、いったん命《めい》が下されると短いもので数月、長い探索となると年がかり、時に二十年もの長い歳月にわたって復命しない者もおりますので。むろん探索の間に命を落としてしまう者も多々ございます」

「弥助どのの命は尚武館道場につくことであろうか」

「そのお答えの前に、秩父行きの仔細を話してようございますか」

磐音は頷いた。

奥ではおこんが磐音の帰宅に気付いた様子があったが、弥助との話し合いが先と考えたか、姿を見せることはなかった。

「わっしが秩父別所《べっしょ》に訪ねた相手は、八代将軍吉宗様の命で公儀御庭番衆の組織改編に大鉈《おおなた》を振るわれた柴崎露庵《しばさきろあん》様、昔の名は柴崎筑後守謐乗《ちくごのかみみちのり》様にございます。吉宗様が将軍職を辞されたあと、大御所として院政を敷かれましたが、家重様の治世下に入ってから、なんとかこの改革が完成をみたのでございます。公儀御庭番衆は、戦国時代に間者を務めた下忍の甲賀、伊賀衆などが江戸に連れてこられ、鉄砲衆として千代田城の警護に当たらされたため、当初から甲賀と伊賀では相入れず、しばしば諍《いさか》いが見られたそうにございます。しかしそれでは御庭番衆が手柄を立てられるはずもない。そのような雑多な忍び集団から選抜されて、御庭番衆は編成されておりました。吉宗様の時代ともなると幕府開闢《かいびゃく》から百四十年が過ぎて、御庭番衆も覇気をなくし、私利私欲に走って、まともに命を遂行できない体《てい》たらく、ただの奉公人に堕しておりました。そこで吉宗様の命を受けた柴崎露庵様が、御庭番衆の出自に関わりなく優れた者だけを残して吹上組、道灌組と分け、その二つを競わせることを企てられました。それがしは、いえ、わっしは十五、六の歳から吹上組の左旻蔵《ひだりぶんぞう》親方の下に組み入れられ、陰奉公を勤めて参りました。最初に家重様直々の命を賜《たまわ》ったのは宝暦《ほうれき》八年（一七五八）のことにございました。坂崎様と長崎街道遠賀川の渡しで会うたときも、さる西国大名領地に入り込んでの帰りにございました。そんなわけで家重様亡き後、道灌組も吹上組も家治様の直命で動いてきました。それがでございますよ、恐れながら家治様の長い治世に田沼意次様が入り込み、だんだんと田沼様の操り人形の如くに家治様の命が下されるようになりました。このこと、若先生に説明するまでもございませんな。こたびの道灌組甲賀臑八の行動などその最たるものかと存じます」

「柴崎露庵様は、秩父に隠遁しても未だ御庭番衆に隠然たる力を発揮しておられるのですね」

「いえ、秩父から御庭番衆に、こうせよああせよとの命が下ったことは一度たりともございません。されど、露庵様は未だ吹上組、道灌組に内偵者を残されておると、わっしはかねがね思うておりました。ためにこたびの甲賀臑八の動きの意味を確かめんと秩父に走ったのでございます」

「柴崎露庵様は江戸の事情を承知しておられましたか」

「へえ、江戸を離れて十数年が過ぎたというに、柴崎露庵様はなんと明晰なお考えの持ち主かとわっしは思いました。いえ、その前にわっしが訪《おとな》いを告げても、すぐに会おうとはなさいませんでした。ですがわっしが、ならば庵《いおり》の前で腹を掻《か》っ切《き》ると老用人に訴えますと、ようやく許しが得られたのでございますよ」

「弥助どのはなにを訴えられたのでござるか」

「家治様の老害がもたらした放任政治のすべて、とくに家基様の死の前後のことを。ですが、その要はなかったのでございます。露庵様は、家基様の死の真相も、佐々木玲圓先生、おえい様の自裁も承知にございました。その上、若先生が江戸を離れて流浪の旅に出られたことも知っておられました」

「それがしの知らぬお方がこちらの動きを承知とは、驚きました」

「若先生に断りもなく若先生の旅を露庵様に話しましてございます。この件でのお叱《しか》りはわっしの報告のあと、いかようなものも受ける所存にございます」

「話を続けてください」

「さすがの露庵様も、わっしが若先生方に同道して紀伊領姥捨の郷に潜んでいたことはご存じありませんでした。ただ、神田橋のお部屋様と呼ばれる女と田沼意次の用人の一人が高野山詣でで身罷《みまか》ったことは知っておられました。ですが、姥捨の郷の戦いに関わり、密かに始末されたことを結びつけてはおられませんでした」

「露庵様は、紀伊での戦いについてなんぞ申されましたか」

「まず感心されたのは、雑賀衆が今も戦国時代の気風と生き方を残しておることにございました」

「高野山の庇護と内八葉外八葉の自然の要害が、隠れ里に潜む雑賀衆の昔ながらの暮らしを守ってきましたからね」

「その里に入り込まれた坂崎磐音様のお人柄に、柴崎露庵様はいたく関心を持たれ、幕府の中にこのようなお方がおられれば、今のような田沼意次が専断する老害政治は行われなかったものを、と嘆いておられました」

「弥助どの、そなたが一命を賭した秩父行きは、なにかをもたらしましたか」

「へえ、まず露庵様ははっきりと、公儀御庭番衆道灌組と頭の甲賀臑八は田沼意次の意思の下に動いておることを承知しておられました。そして、側用人《そばようにん》で老中でしかない者が、呆けられた家治様の代役を務めていることに大きな憤りを感じておられました」

「弥助どのの行動でなにか変化がござろうか」

「御庭番衆に関してすぐさま目に見える動きはございますまい。柴崎露庵様はすでに御庭番衆を離れられたお方にございますれば」

「秩父行きではっきりしたことは、公儀御庭番衆道灌組が田沼配下に組み込まれたことですか」

「いかにもさようです。若先生、それがしの役目を申し上げます」

「弥助どの、忠義を尽くす主が二人おってはならじ」

磐音が弥助の言葉を遮《さえぎ》った。

「ゆえに話を最後まで聞いてくだされ」

弥助は磐音の決意を感じて願った。

「わっしら御庭番衆が忠義を尽くすは、上様御一人《ごいちにん》にございます」

弥助ははっきりと言い、磐音が頷いた。

「ただし上様が第三者の傀儡《くぐつ》に、操り人形に落ちたとあってはいささか事情が異なろうかと存じます。柴崎露庵様の改革のもう一つが、政《まつりごと》がかような老害政治に落ちたとき、公儀御庭番衆がどう動くか、そのことを決めておかれたことにございます」

幕府の極秘事項をなぜ、一御庭番衆が承知しているのか、と磐音は弥助を見た。

「わっしは吹上組の一員であると同時に、家基様の身辺を守る御庭番衆の中で、『護符《ふだ》』とよばれる数少ない役目の一人にございました。ために、柴崎露庵様が隠遁に入られるとき、命を残されたのです。それは、わっしの死の時まで続く命にございました。ゆえに露庵様の隠遁の場所を知らされていたのでございますよ」

「弥助どの、西の丸家基様への早期の交代を策すことが露庵様の命でしたか」

「はい、柴崎筑後守様の最後の命にございましたが、まさか田沼意次様のように上様すら意のままに操る老中が出てこようとは、露庵様もそのときは考えておられなかったと思います」

「それが、そなたが尚武館佐々木道場に関わりを持たれようとした経緯《いきさつ》にござるか」

「へえ。ですが、わっしらは家基様をお守りする役目を果たすことができませんでした」

「弥助どの、それはこの坂崎磐音とて同じにござる」

弥助は公儀御庭番衆の一員として西の丸家基を守るべく、磐音や尚武館佐々木道場と親しく交わり、同じ目的のもと動いてきたことになる。

「最前、若先生は、忠義を尽くす主が二人おってはならじと申されました。わっしが忠義を尽くすべき主は年老いて、政《まつりごと》を一側用人、一老中に委ねておられます。わっしは露庵様に、『護符』の役を辞し、御庭番衆を抜けることを願うて参りました」

「承知なされたので」

「露庵様は長い間、瞑想《めいそう》しておられましたが、弥助、甲賀臑八に生涯命を付け狙われるぞ、と言われました。それも覚悟の前にございます」

「もはや弥助どのの主は家治様ではないと言われるか」

「わっしは日光社参の折り、家基様に従うたときから、すでに心の中で主を乗り替えていたのでございます」

それは磐音とて同じ気持ちであったかもしれなかった。だが、少なくともあのときまで家治は、日光社参によって幕府の威光を高め、幕政を改革しようという、自らの強い意志を示していた。

「その家基様が亡くなった三年前、わっしの主は、坂崎磐音様ただ一人になったのでございますよ、若先生」

と言いきると、弥助は顔を伏せ、磐音の下す命を待った。

その夜、磐音と弥助は長いこと二人だけで話し合い、八つ（午前二時）過ぎに弥助が小梅村から姿を消した。そのことを磐音はだれにも、おこんにさえも説明することはなかった。

二

この数日、磐音は小梅村から外出することもなく尚武館道場で数少ない門弟らと汗を流し、稽古をつけて過ごした。

時に旧尚武館門弟らが姿を見せることがあったが、それも一人か二人で、稽古をすることなく挨拶だけでそそくさと帰っていった。これは明らかに田沼意次一派による尚武館坂崎道場への締め付けが効果を上げている証《あかし》だった。

この日、依田鐘四郎が設楽小太郎《したらこたろう》を連れて姿を見せ、ほぼ時を同じくして、義弟の坂崎遼次郎が豊後関前藩家臣の磯村海蔵《いそむらかいぞう》と籐子慈助《とうごじすけ》を伴い稽古に来たので、急に賑やかになった。それでも辰平、利次郎、霧子を合わせて二十人にも満たない。

磐音はまず槍折れの基本の動きを続けさせて、体を温め、柔軟にさせた。指導役はむろん小田平助だ。

秋も深まり、朝晩は冷え込むようになっていた。

動きがよくなったところで速水杢之助、右近兄弟、設楽小太郎の若年組に海蔵と慈助を加えて、磐音は順番に打ち込みの相手をした。

海蔵と慈助は、神保小路の尚武館佐々木道場に入門したが、時を経ずして道場が閉鎖されたために稽古を中断していた。それを覚えていた遼次郎が二人を誘ったのだ。

二人は、磐音が江戸に戻ったことも小梅村に尚武館坂崎道場が開かれたことも知らずして磐音に対面し、

「磐音様ではございませんか」

「江戸にお戻りでしたか」

と驚きをあらわにした。

「磯村どの、籐子どの、そなたらには悪いことをしたと思うておる。入門早々に神保小路の道場を閉じることになってしもうた。その後、稽古はどうしておられた」

「はっ、江戸屋敷内の道場で稽古をしたり、国許に戻った折りは中戸道場に通ったりとそんな具合です」

磐音は二人の体付きと挙動を見てすぐに、かたちばかりの剣術稽古で過ごしていたことを見てとった。

「中戸先生はご壮健か」

「もはや道場に立たれることはなく、師範の初田《はった》孫六《まごろく》様が指導なされておられます」

磐音は初田の記憶がなかった。

「ならば速水杢之助どの、右近どの、小太郎どのらとともに打ち込みをいたしましょうか。相手はそれがしにござる。順次流れを絶やさぬように攻めなされ」

と命じた。この二人、旧尚武館時代に初心組に入れられて稽古をした経験があった。

（こんどこそ）

と張り切ったが最初に息が上がったのは慈助で、続いて海蔵も腰が浮きあがり足ももつれてきた。それに比べて小太郎は稽古を怠ることなく続けていたと見えて、

「お願いします」

と打ち込みのたびに声を上げて攻めかかってきた。磐音は自在に攻めさせておいて、悪癖を見つければ、

びしり

とその箇所を叩いて、

「肘《ひじ》が縮こまってきましたぞ」

「背筋を真っ直ぐにな」

「相手から視線を逸《そ》らしてはなりません」

と細かく注意を与えた。

慈助と海蔵は床に転がり立ち上がれなくなったが、速水兄弟と小太郎とはさらに険しい打ち込み稽古を続けた。

磐音は五人を相手に半刻ほどの稽古を終えた。杢之助も右近も小太郎も息を喘《あえ》がせ、肩を大きく上下させていた。

「若先生は平然としておられるぞ」

右近が茫然と呟いた。

「こたびが一番厳しい稽古であったな」

と杢之助が応じた。

「小太郎どのも稽古をたゆまず続けておられましたな」

「せ、先生の教えを守り、屋敷内で毎朝家来たちと稽古をしておりました」

「その成果が足腰に出ております」

褒められた小太郎が嬉しそうに破顔した。

旗本設楽家嫡男小太郎は十三歳で悲劇を経験していた。

父の貞兼《さだかね》は酒びたりの暮らしで、泥酔すると妻のお彩《さい》に乱暴を働いた。

あるとき、見かねた奉公人の佐江傳三郎《さえでんざぶろう》が止めようとすると、貞兼は刀を抜いて斬りかかり、お彩の身を守ろうと抜き合わせた傳三郎に反対に刺殺されてしまった。その場で切腹しようとする傳三郎を引きとめたお彩は、二人で屋敷から逃亡を試みた。

傳三郎は小太郎の剣術の師であった。

設楽家を存続させるために小太郎は、母のお彩と傳三郎を討つ運命を強いられた。その仇討ち旅に同行したのが木下一郎太と磐音だった。

安房北条《あわほうじょう》の湊《みなと》で仇討ちはなった。

小太郎は十三歳で父と母を失った。

そんな経験を持つ小太郎も十七歳になり、骨格もしっかりとして設楽家を継ぐに相応しい落ち着きも備えていた。

「依田師範に尚武館が再開されたと聞かされ、同道を願うたのです。これから杢之助どのや右近どのに負けぬように小梅村に通います」

「無理をなさるなよ。どなたかの逆鱗《げきりん》に触れて設楽家に迷惑がかかってもならぬ」

「若先生、設楽の家名はいったん安永七年（一七七八）に潰れたのです。それを木下様と若先生のお助けにより廃絶が止められた経緯もございます。旗本が剣術の稽古に通うことを理由に潰されるというならば、それも設楽家の運命にございます」

と小太郎が言いきった。

「小太郎どの、天におられる母上も父上も、そなたの健《すこ》やかな成長を喜んでおられよう」

「母はそうかもしれませぬ。ですが、父は」

「お父上はお城勤めが苦手なお方にございましたな。自らの弱さを隠そうとして酒に走られたのです。そのことをいちばん後悔しておられるのは父御でござろう」

磐音の言葉に小太郎が小さく頷いた。

磐音は速水兄弟にしろ、小太郎にしろ、悲劇が子をしっかりとした人物に育てていることを喜ばしく思った。小太郎はその哀しみを乗り越えた、いや、乗り越えたように振る舞う若者に育っていた。一方、速水家は、家治の御側衆であった父が未だ甲府勤番の、

「山流し」

に遭ったたままだった。

（なんとかせねば）

焦る気持ちを鎮め、一つひとつ解きほぐし、失った時間を取り戻すのだと己に言い聞かせた。

四つ半（午前十一時）の刻限、道場から姿を消していた霧子が早苗を伴い、おこんと一緒に茶菓を運んできた。

「おおっ、大福ではないか」

と最初に目をつけたのは利次郎だ。

「利次郎さん、武士がすぐに食べ物に目を走らせるのは卑《いや》しゅうございます」

「霧子、好物の大福が運ばれてきておるのに見て見ぬ振りをしろと申すか。それでは人間として素直ではあるまい」

利次郎が霧子に反論した。

「武士は食わねど高楊枝と申します。その気概が利次郎さんには欠けておいでです」

「そうかのう。人間、素直がいちばんと思うがのう」

と利次郎が力なく呟き、

「利次郎さんは霧子さんに、どげんして頭が上がらんとやろか。やっぱりたい、惚れた弱みかね」

と平助が洩らして、恨めしそうに利次郎が平助を見た。

「磐音様、最前宮戸川の鉄五郎親方が早苗さんを伴い、お見えになりました。早苗さんとじっくり話し合われたそうな。その上で、若先生とおこん様のもとにお戻ししたい、と挨拶なされて帰られました」

「なに、鉄五郎親方が参られたか。それがしに会わずに戻られたとな」

「長居すると早苗さんに未練が残る。本日は若先生にお目にかからずに六間堀に戻りますと言い残されました」

早苗が道場の床にぴたりと正座し、

「若先生、おこん様、竹村早苗、尚武館道場に再び奉公しとうございます。置いてください」

と願った。

しばし沈黙を守り、早苗のひたむきさを見ていた磐音がおこんに目を移し、

「これで御寮も賑やかになるな」

「私は大助かりです」

おこんに頷き返した磐音が、

「早苗どの、おこんとともに安藤様のお屋敷に行き、父御と母御に挨拶してこられよ」

「やはり父には知らせたほうがようございますか。父が知ったとなると、毎日こちらに顔を出すのは間違いないと思います」

「それは迷惑な」

利次郎が思わず呟き、霧子に睨まれ、首を竦めた。

「参られたとしても、ご奉公がある身ゆえ、そうそう長居はなさるまい」

「ご奉公とはどのようなことか、父が真剣に考えたことがあるかどうか」

と早苗が案じた。

「早苗さん、このこと、私どもにお任せください。早苗さんのお父上とは長い付き合いです。まずは主どのが言われるように昼過ぎに安藤様のお屋敷に挨拶に参りますよ」

とおこんが手順を決めた。

「早苗さんの部屋ですが、霧子さんと一緒で構いませんか」

おこんが早苗に尋ねた。

「霧子さんが迷惑ではございませんか。私は納屋でもどこでも構いません」

「早苗さん、宜しくお願いしますね」

霧子はおこんから相談されていたか、早苗に即答した。

「こちらこそ宜しくお願い申します」

と早苗が霧子に願って、早苗の尚武館奉公が再び始まった。

「磐音様、この大福、法恩寺橋際の瑞穂《みずほ》の名物ですよ。私のおっ母さんも大好物でした。鉄五郎親方が持参なされたものです」

「鉄五郎親方にお礼に伺わねばな」

と磐音が言い、門弟衆と一緒に縁側に並んで、茶と大福を食した。

「鉄五郎親方の気持ちが込められた大福、なんとも味わい深いものじゃ」

と磐音が早苗を見ると、大福を持った手を膝《ひざ》に置いた早苗の瞼が潤んでいるのが見えた。ふうっ、と顔を上げた早苗と磐音は視線を交えた。

「どうした、早苗どの」

磐音が声をかけた。

「今朝方、幸吉さんに言われたことを思い出したんです。宮戸川が滅法寂しくなるぜ。だけど、早苗さんの奉公先はここじゃねえ、尚武館だ。しっかりとおこんさんの面倒をみるんだぜ、と」

「小僧であった幸吉が一人前の職人に育ち、早苗どのは戻り奉公。いかなることがあろうとも時だけは過ぎていく」

「若先生、それだけわれらが歳をとったということですな」

「師範、依田家はお変わりございませぬか」

「過日、言い忘れたわけではありませんが、わが家にも年の暮れに子が生まれることになりました」

「それはめでたい」

「われら、歳がいっての夫婦、諦めておったところです。姑どのと舅どののがことのほか喜んでおられます」

「依田様、落ち着いたらお祝いに上がります」

「おこん様もお子を宿しておられるのです。お互いに子を生《な》してからにしましょうか」

鐘四郎が遠慮するところに門前に乗り物が付けられた様子があって、季助が応対していたが、

「お旗本日向鵬齊様と仰るお方が挨拶に見えておられます」

と告げに来た。

磐音は平助を見た。すると平助が頷いた。

霧子と早苗は門弟衆が喫し終えた茶碗《ちゃわん》を片付け始め、辰平も利次郎も手伝った。

尚武館佐々木道場があった敷地に、新たに旗本が屋敷を建てて移り住んだと平助に聞かされていた。だがなぜ神保小路の新しい住人日向鵬齊が尚武館に挨拶に来るのか、確かに尚武館の旧主は磐音ともいえたが、今一つ理解できなかった。

「おこん、御寮で会うのがよいかな」

「尚武館で稽古が行われていることを承知で見えられたのです。道場でよろしいのではございませぬか」

おこんが答えたところに、白扇でばたばたと扇《あお》ぎながら派手な色の羽織を着た武家が長屋門を入ってきた。

四十前か、巨漢であった。

そのかたわらに従う者に磐音はどこか見覚えがあると思った。

磐音は玄関に回って、二人と対面した。

「日向鵬齊どのの来訪とはまたどのようなことにござろうか」

「ほう、それがしを承知か」

「神保小路にあった旧尚武館佐々木道場の跡地に住もうておられるとか」

「調べが行きとどいておるな」

　と応じた日向が、

「坂崎氏《うじ》、この者に見覚えはないか」

　と磐音に尋ねた。

「最前から、それがしもどこぞでお見かけしたような気がしておりました」

「ぬかせ」

　と話題の主が磐音を罵《ののし》った。

「どなた様かな」

　磐音が静かに問い返した。

「わが兄、村瀬《むらせ》圭次郎《けいじろう》は尚武館の田沼家預かりを通告しに参り、それを恨みに思うた佐々木玲圓に討たれて死んだ」

「そなた、村瀬氏の弟御か」

「亡き兄に代わって、それがし宋三郎《そうざぶろう》が田沼家の指南格に就いた。兄の仇を討つ」

　と村瀬宋三郎が宣告した。

「兄様が養父に討たれし経緯はいささか違う。じゃが、もはや繰り返すまい。養父もそなたの兄様もこの世の人ではないでな」

と磐音がおだやかな口調で言い、

「本日の訪い、なんぞ曰くがござるか」

と尋ねた。すると、

「尚武館の増築をなしたとき、地中からあれこれと品が出てきたはず」

と村瀬宋三郎が玄関の軒下に掛けられた、

「尚武館道場」

の扁額を見上げた。

「この扁額の材も神保小路から出てきたものとか」

「ほう、まだなんぞござるか」

磐音を前にして、日向と村瀬宋三郎の二人は猿芝居を続けていた。

「なんでも古甕が埋まっておって、その中から二振りの古刀が出て参ったとか。それを研ぎにかけ、ここの主が所持しておると聞き及んでおる」

と村瀬が答えると日向が、

「わが土地から出てきたものは拝領地に帰属するものと存ずる。坂崎磐音とやら、即刻ご返却あれ」

磐音はしばし日向鵬齊を正視していたが、

「佐々木家の先祖が埋めたものやもしれぬ」

「その証がござるか」

「あの世に参られ、佐々木家の先祖に問われるがよい」

と答えた磐音が、

「日向どの、そなたのお役はなにかな」

「無役にござる」

「前職をお聞きいたそうか」

「答える謂《いわ》れもないが、そう無下《むげ》にもできまい。こちらは頼みごとをしている立場じゃからな。それがし、田沼意知様の家臣にござったが、老中田沼様の命で旗本に転じた。それがなにか」

「どうやら幕府の職柄もよう分かっておられぬようにござるな。本日の来訪、忘れてつかわす。神保小路にお戻りあれ」

「なにっ、扁額も古剣も戻さぬと言うか」

「扁額も古剣も尚武館の宝にござれば、返却など以《もっ》ての外《ほか》、戻られよ」

村瀬宋三郎は磐音が素手であることを見て、位置をずらして間合いをとった。

日向鵬齊が白扇を、

ぱちり

と閉ざすと、磬音の胸に突き付けようとした。

その瞬間、磬音の手が躍り、白扇を奪った。

同時に村瀬宋三郎が抜き打ちに磬音に斬りかかってきた。磬音は、奪った白扇で振り下ろされる村瀬の刀の平地《ひらじ》を叩くと、喉元に扇の先を突っ込んだ。

「ぎええっ」

と叫んだ村瀬の体が飛ばされて、玄関前の地べたに投げ出されて悶絶した。

磬音は村瀬を冷たい視線で見下ろすと、

「老中ともあろうお方が姑息《こそく》なことをなされるでない、と伝えられよ」

茫然と立ち竦む日向鵬齊に言うと白扇を投げ捨て、

くるり

と来訪者に背を向け道場に戻っていった。

三

翌日、磐音はおこんとともに、霧子が操る小舟に乗った。空也の面倒を再奉公が決まったばかりの早苗がみるというので、尚武館道場に残すことにした。またこのところ連日のように金兵衛が空也をかまいに姿を見せていた。面倒を見る人間はいくらもいた。

大川に小舟が出たとき、おこんの視線がちぎれ雲の浮かぶ青空に向けられた。

「江戸の空にございますね」

としみじみとした感想を洩らした。

「なんとも高い空じゃ。どこがどう違うのか、旅で見る空と江戸で眺める空は異なる。去りゆく秋は風が乾いているせいか、われらの気持ちを爽《さわ》やかにしてくれるな」

と答えた磐音におこんが、

「空也ひとりで留守番させて大丈夫でしょうか」

「三人の弟妹の面倒を見てきた早苗どのがいるのじゃ。それに道場には小田どのや辰平どの方がおるでな。案ずることはあるまい」

「口では、母上、空也は武士の子、留守くらいできます、と言うておりましたが、今頃早苗さんを手古摺《てこず》らせているのではありませんか」

「そなたのように、そう際限のう案じても仕方あるまい」

「それはそうにございますが」

と応じたおこんが、

「江戸に戻られてから、利次郎さんばかりか辰平さんまでなんとなく幸せそうな顔を見せておられるのはどうしたことでしょう。旅の修行がよほど辛《つら》かったのでございましょうか」

おこんの心配の種が利次郎、辰平に移った。

「利次郎どのの理由ははっきりしていよう。のう、霧子」

「若先生、それにはお答えできません」

「なぜじゃ」

「若先生方は私に内緒で、利次郎さんの実家訪問を企てられました」

「霧子さん、重富家訪問は嫌だったの」

「おこん様、大名家の屋敷にあのような訪問をするのは初めてのこと、私は戸惑うばかりでした。いえ、利次郎さんの父御も母御も私のような者を丁重に遇してくださり、恐れ入るばかりです。私にはそのような分《ぶん》があるのでしょうか」

「霧子さん、雑賀泰造一味に攫われたのはあなたの責任《せめ》ではありません。またこういう言い方は心ないものかもしれませんが、霧子さんに天が与えた試練ではなかったのでしょうか。過ぎ去った昔に真実が見つけられるのであれば、霧子さんのなすべきことがあるかもしれません。ですが、雑賀泰造一味はその大半が日光で亡くなったのでしたね」

「はい」

と答えた霧子が、

「若先生、おこん様、霧子は幼き頃から、幸せな暮らしを知らずに育ちました。神保小路の尚武館道場に住み始めて、おえい様やおこん様から、家とはこのようなものかと教わりました。それだけの経験しかないのです」

「仮の話だけど、霧子さんが利次郎さんと所帯を持つことになったらどうかしら」

「不安でございます」

「それは霧子さんだけが格別なことではありませんよ。私が深川六間堀の長屋から今津屋に奉公に出たときも、磐音様と所帯を持つために速水左近様の養女になったときも、そして、佐々木家に嫁として入るときも、身を締め付けられるような不安に襲われたものです」

「えっ、おこん様もそのような想いをなさったのでございますか」

「霧子さん、考えてもごらんなさい。深川の長屋の差配の親元を離れて大店《おおだな》奉公に出たのですよ。不安がないといったら嘘になります。でもね、私は自ら望んで今津屋に奉公することを決めたの。だから、どんなに苦しくても親元に戻るわけにはいかなかった」

「今津屋さんでの暮らしは辛いものでしたか」

「川向こうの娘が御城近くの大店に奉公するのですから、知らないことばかり。なに一つ満足にできない自分が情けなかったわ。でもね、亡くなられた先妻のお艶様が一つひとつ教えてくださった。あっという間の三年が過ぎたとき、奉公が楽しくて楽しくて仕方ないようになっていたの。霧子さん、奉公と、他家に嫁に入ることは大いに異なるものでしょう。でも、舅様も姑様も血の通った人間ですよ。こちらが裏表なく真を尽くせば、霧子さんはよい嫁になり、幸せな暮らしを送ることができますよ」

「そうでしょうか」

霧子はおこんにどう答えるべきか迷っていた。

「霧子さん、このおこんさんが重富家の嫁に相応しい女性《にょしょう》に育てて、尚武館道場から嫁にお出しします」

　と言いきった。

「おこん、利次郎どのは次男坊だ。嫡男に嫁に行くのではない。そう堅苦しく考えることもあるまい。霧子が利次郎どのを好きならば、利次郎どのに尽くすことを考えればよかろう」

　磐音が口を挟んだ。

「いえ、そう仰る磐音様は、私より周りの方々に気遣いなされて、時に嫁の私をお忘れになっておられると、恨めしく思うことがございます」

「なに、矛先がこちらに向けられたか。おこんがそのようなことを考えていたとはな」

「私が申したいのは、霧子さんが利次郎さんばかりを見ていてはならぬということです。重富の舅様、姑様を好きになり、可愛がられてはじめて霧子さんは幸せを得られるのです。その秘伝をこのこんが霧子さんに伝授いたします。尚武館女道場の奥伝を持って嫁に行きなされ。なにも怖いものはありませんよ」

　櫓を漕いでいた手を休めた霧子が、

「お願い申します」

と深々と腰を折って願った。

「霧子は大変じゃな。直心影流尚武館の奥義と女道場の奥伝を得なければならぬのだからな」

「霧子さんは雑賀衆の暮らしも承知です。これにその二つが加われば鬼に金棒ですよ」

「利次郎どのがいささか可哀想《かわいそう》に思えてきたな」

と磐音が思わず洩らすと、女二人が、

「うっふっふふ」

と笑った。

小舟はゆっくりと神田川との合流部に接近していた。

「柳橋の川清に舟を預かってもらってようございますか」

「そう願おう。それにしても今津屋の至れり尽くせりの心遣い、小梅村暮らしには舟が入り用と、猪牙舟まで新造してお付けくだされた。なんぞお返しをせねばならぬが、こちらは剣術家、商いの役には立たぬでな」

「ほれ、そうやって今津屋のことを親身に考えておいでです」

「おこん、そなたのことも片時とて忘れたことはないぞ」

「霧子さん、男衆《おとこし》のこの言葉こそ用心なされませ」

と霧子におこんが言いかけ、

「おこんに出会《でお》うたときから言い負かされてばかりじゃからのう、敵わぬわ」

と呟く磐音に、

「磐音様、利次郎さんの幸せ満面はとくと承知です。辰平さんまで心なしか浮き浮きしておられるように思えますが、なんぞ理由を承知にございますか」

と話題を転じた。

「ある。じゃが、それがしの口から申してよいかどうか。辰平どのに、姉を自認しておるそなたが問えばよいではないか」

「そう意地悪を申されますな。霧子さん、あなたはご存じですか」

「いえ、知りません」

「磐音様、私どもは尚武館坂崎道場の一家にございましたね。喜びも悲しみもともに分かち合う仲でございましょう。亭主どのだけが辰平さんの喜びを知って隠しておられるのはずるうございます」

「おこん、ずるいとかずるくないとかそういう話ではないと思うがのう。これは辰平どのの私事《わたくしごと》でな」

「ほれ、かように男衆は手を結んで内緒にしてしまわれます」

おこんが磐音を睨んだ。

柳橋が前方に見えてきた。

磐音はおこんが二人目を懐妊し、江戸に戻ったこともあり、急に貫禄が備わったような気がした。

「ふうっ、嫁女どのには敵わぬな。おこん、そなたも承知の娘御からの文が、松平家に待っておったのだ」

「えっ、私も承知ですと」

おこんが、川岸から垂れさがり川風に揺れる柳の葉に視線を向けて考えた。

「文が屋敷に届いたということは、江戸のお方ではないのですね。姥捨の郷でどなたか娘御と仲ようなられましたか、霧子さん」

いいえ、と霧子が首を振った。さらに沈思したおこんが顔を磐音に向けた。

「分かりました」

「ほう、分かったか」

「筑前博多の豪商箱崎屋さんの末娘のお杏さんですね」

「おこん、やはりそなたは尚武館女道場の免許皆伝、隠し事などできぬな」

と磐音が感嘆の言葉を洩らしたとき、船宿川清の船着場に小舟が着けられた。

駒井小路《こまいこうじ》の御典医桂川甫周国瑞《くにあきら》邸の診療室でおこんが診断を受ける間、磐音と霧子は桂川家の奥座敷で桂川家の嫁として風格すら漂わす桜子《さくらこ》の接待を受けていた。

「磐音様、久しぶりの江戸はいかがですか」

「慌ただしく日が過ぎていくばかり。あれこれと身辺に起こって、どうも地に足がついておらぬ感じです」

「そうでございましょう。帰着なされて旬日も経ておりますまい。ただ今城中では、尚武館の若先生が江戸に戻られたという風聞が飛び交っているそうな。神田橋のご老中は戦々恐々としておられましょうな」

さすがは御典医の嫁だ。御城の噂に通じていた。

「それがしが江戸に戻ったとて、どれほどの風が吹きましょうか。われらはひっそりと小梅村の道場で剣術修行に邁進するだけにございます」

「磐音様、残念ながらその望みは叶えられますまい」

と桜子が言いきった。

「亭主どのも常々言うておられます。尚武館道場はどなたかの命で潰されたことで、却《かえ》って重みが増したと」

「そのようなことがあるものでしょうか」

と磐音が答えるところに足音がして、甫周国瑞とおこんが戻ってきた。

「おこんさんの体が変わられましたね」

「どういうことでしょう」

「江戸を出られたときよりはるかに頑健な体になっておられます。二人目の子も順調にお生まれになるでしょう。旅によって足腰が鍛えられたのですかな」

「江戸にいるときより何倍も歩きました。ために体付きが変わったのでございましょう」

おこんが国瑞の診察を受けて、ほっと安堵の様子を見せた。

「おこん様、おまえ様」

と桜子が茶を二人に供した。

「桂川先生、旅暮らしとは申せ、ご無礼いたしました」

磐音は改めて江戸帰着の挨拶をした。

「なんの、若先生方の旅は尋常の道中ではなかったのです。ようも無事に戻ってこられました。なんとなく江戸が楽しくなったようです」

と国瑞が笑い、

「廊下で桜子の言葉を耳にしました。神保小路から尚武館道場の建物が消え、家基様に殉じられた佐々木夫妻が神格化されて、田沼意次様方を悩ませておいでです。しかも城中には田沼様の専断に対する無言の声が充満しております。その怨《えん》嗟《さ》の声は、尚武館道場の後継たる坂崎磐音への期待でもあるのです。その坂崎どのが江戸に戻られ、小梅村に尚武館道場を再興なされた。城中は、老中田沼様がどう出られるか、固唾《かたず》を呑んで見守っている、そのような感じにございますよ」

「困りました。それがし、未だ養父玲圓の衣鉢《いはつ》を継ぐに足りないものばかりです」

「うっふふ」

と国瑞が笑った。

「そうお考えなのは当人ばかりです。田沼意次様は神田橋のお部屋様おすな様を高野山詣でに船で出立させたとか。ところが、そのおすな様が旅に斃れたとの訃《ふ》報《ほう》にいたく嘆き悲しまれたそうな。田沼時代はこれで終わったかと、城中で喜ばれた幕閣の方々が大勢おられたそうにございましたが、このところ、また体調を回復なされたとか」

「お部屋様を亡くした哀しみから立ち直られたのですね」

国瑞が頷いた。

「坂崎どの、あなたのせいです」

「それがしの」

「尚武館道場の後継坂崎磐音、江戸帰着決心の報が半年前に城中に飛び交い、反田沼派の方々はこれで田沼政治に止《とど》めを刺したも同然と期待なさっておられます。一方、田沼様は坂崎磐音憎しの一念でしょうか、却って元気を取り戻され、老中自ら策を弄し始められたとか」

「昨日の昼前のことです。神保小路の旧尚武館道場の跡地に住まわれた旗本日向鵬齊なる人物が、いささか佐々木道場と曰くのある村瀬宋三郎なる田沼家剣術指南格を同道して小梅村を訪れ、旧尚武館普請の折りに地中から出てきた古剣と扁額を返却せよ、と注文をつけてこられました」

「なんと厚顔な」

と桜子が応じて、

「戻されたのですか」

と問うた。

「五条国永も尚武館道場の扁額も道場の宝にございますれば、お返しできぬ、と拒みました」

「大人しく引き下がりましたか」

磐音は顔に笑みを浮かべただけだった。

「いえ、亭主どのが村瀬某を扇子一本で突き転ばし、這《ほ》う這《ほ》うの体《てい》で引き下がらせました。いつになったらご老中は、力勝負を仕掛けるは愚かと気付かれるのでございましょう」

おこんが答えていた。

「磐音どのが扇子一本で田沼様の剣術指南を突き転ばされた。その場に居合わせたかったな」

と笑みを浮かべて答えた国瑞が、

「池原雲伯《いけはらうんぱく》の名を覚えておられますか」

と話柄を変えた。

「甫周先生、忘れようにも忘れることのできぬ名前にございます。西の丸様の今わの際《きわ》に治療をなしたお医師にございましたな」

「家基様は斑猫《はんみょう》の毒を盛られたとの憶測が飛び交いましたな。その毒を盛った疑いのあるのがこの雲伯です」

「雲伯医師がどうかされましたか」

「ただ今家治様の治療を中心的になさるのは、千賀道隆《せんがどうりゅう》どのとこの池原雲伯、田沼様の息がかかった医師にございます」

千賀道隆は、楊弓場《ようきゅうば》の弓拾いの女の仮親となって、おすなを田沼意次の愛妾に上げた人物だ。

「家治様はただ今、日によってご気分が変わられております。今日躁《そう》になったかと思うと明日には鬱《うつ》に陥られる。われら御典医の間では、二人が薬を都合よく調合して、家治様の命を弄《もてあそ》んでいる、また体調を管理している、と推測しております。されどなにぶんにも田沼様が二人の背後に控えておられるので、なんの手立ても講じられぬのです」

と国瑞が嘆いた。

「磐音どの、城中の苛立《いらだ》ちが、家基様に殉じた佐々木大先生を神格化し、今坂崎磐音の江戸帰着に過剰な期待をしている背景がございます」

「甫周先生、できることならばそれがし、一剣術家の生涯を全うしたい」

と磐音は素直な気持ちを吐露《とろ》した。

「じゃが、それができぬことを、磐音どのがいちばん承知しておられる」

と国瑞が磐音に言った。

「どうすればよいのか」

「運命《さだめ》に従うしか坂崎磐音の行く道はございません」

「それは茨《いばら》の道です」

「家基様の無念、佐々木大先生とおえい様の覚悟、その想いを一身に負うことができるのは坂崎磐音お一人です。私は一御典医、なんの力も貸すことはできませんが、磐音どのが一命を賭すとき至らば、御典医桂川家の一員として私も従います」

「肝《きも》に銘じます」

「そのような気持ちを持っているのは私だけではありません。城中にも多くの方々がおられます。ただし戦いの口火を切られるのは坂崎磐音どの、あなたしかおられません」

と国瑞が言いきり、磐音が静かに頷いた。

四

桂川家で国瑞と桜子を相手に一刻半（三時間）ほど積もる話をし合った坂崎夫婦と霧子は、近々の再会を約して辞去した。

「磐音様、こうして私どもの帰着を待っていてくださった方々がおられます。江戸に戻ってこんは幸せにございます」

おこんの言葉に磐音は頷いた。と同時に、行く手に大きく立ち塞がる人の影を磐音は脳裏に思い描いていた。

いつの日か決着をつけねばならない人物だった。

駒井小路を出た三人は御堀に架かる雉子橋《きじばし》へと向かった。

武家地を四丁も南に向かうと雉子橋通小川町の辻に出た。

左手の屋敷の老門番が目を瞬かせて磐音とおこんを見た。旗本五百石井戸《いど》家の奉公人だった。

「尚武館の若先生におこん様ではございませんか」

老爺が夫婦に声をかけた。

「則助《のりすけ》さん、お見かけしたところ息災のご様子、なによりにございます」

とおこんが挨拶を返し、磐音が会釈した。

「江戸に戻っておられましたか」

「数日前に帰着しました」

則助が神保小路の奥をちらりと見て、

「尚武館から竹刀で打ち合う稽古の音が響いてこないのは、なんとも寂しゅうございますよ。いつ神保小路に戻ってこられますな」

「もはや拝領屋敷はお上に返上し、ただ今は新たなお方がお住まいと聞いており申す。まずわれらが神保小路に戻ってくることはござるまい」

「若先生、おこん様、神保小路の住人だれもが尚武館のお戻りを首を長くして待っておられるのですよ。無念にございます」

と答える則助爺の言葉を聞いて、

「昔のわが屋敷を覗《のぞ》いて参りとうなった」

と磐音はおこんと霧子を促し、神保小路の奥へ、東へと入っていった。

右手の角は、御側衆も務めたことがある本郷丹後守《ほんごうたんごのかみ》七千石の屋敷だ。

磐音とおこんは建ち並ぶ屋敷の門前にいた奉公人や門番に会釈をしながら、旧尚武館佐々木道場の門の前に足を止めた。

季助が門番として守っていた片番所付き長屋門はそのままだった。だが、門の奥に見える屋敷は新築がなされており、訝《いぶか》しいことに門から真っ直ぐに走っていた石畳が鉤《かぎ》の手に曲がり、玄関は門から見えない仕掛けになっていた。なんとも怪しい屋敷の造りで、磐音は、

(忍者屋敷のようじゃな)

と思った。

稽古見物と偽って尚武館道場に磐音を訪ねてきた蟋蟀駿次郎も、この神保小路の日向邸に姿を消したという。

磐音は門内に向かい、頭《こうべ》を垂れて瞑目した。

(養父上、養母上、屋敷を守りきれず、申し訳ございませんでした)

と胸の中で詫びた。磐音が両眼を開いたとき、無人と思えた門前に三人の若侍が姿を見せて、

「なんぞ用か。用なくば立ち止まることは許されぬ。去《い》ね」

と横柄に命じた。

「これは失礼をばいたしたな。それがし、この屋敷に所縁《ゆかり》のあったものでな、近

くまで来たついでに懐かしさのあまり、見物しておったのじゃ。無断で失礼をいたした、許されよ」

磐音が挨拶し、おこんと霧子を促して行きかけると、

「この屋敷に所縁じゃと。ここは以前尚武館なる道場があったところ。おぬし門弟か」

と若侍の中でも年長と思える一人が尋ねた。

「門弟であった時代もござる。その後、佐々木家に養子に入り申したで、神保小路の住人でもござった」

「なにっ！」

尋ねた相手の顔に緊張が走った。

「佐々木磐音か」

「ただ今は、坂崎の旧姓に戻してござる」

「その坂崎が何用あってこの地を訪ねたか」

「最前申し上げたとおり、近くに訪ねるところがございましてな、懐かしさのあまり小路に足を踏み入れたまで。失礼仕《つかまつ》った」

再び会釈をなした磐音は、おこんと霧子を促して日向鵬齊なる人物が主の門前

から立ち去ろうとした。

「待て」

制止の声が発せられ、磐音の前に日向の奉公人が立ち塞がった。

「神保小路は天下の小路にござる。たれが歩いたとてなんの差し障《さわ》りもないはずでござろう」

「佐々木道場は罪科《つみとが》ありて取り潰しになったはずじゃ。その主が怪しげにも門前に立つなど、曰くがなくてはならぬ」

「ほう、そのような理屈もござるか。ならばお尋ねしたい。過日、当家の新しい主日向鵬齊どのが村瀬某なる人物を伴い、わが小梅村の道場に突然姿を見せられた。格別知り合いでもなし、それがしが招いたわけでもない。じゃが、人が人の屋敷を訪ねることはしばしばあること、歓迎とはいかずともそれなりの応対をなした。こたびは反対にそれがしが旧邸の前で足を止めただけのこと。懐旧の情をもよおしたと申し上げたはずじゃ。なんの咎《とが》がござろうな」

と磐音が言い放ち、

「おこん、霧子、参ろうか」

と立ち塞がった三人の前に向かった。

「おのれ」

磐音に声をかけた侍よりさらに二、三歳若い二人が、刀の鯉口を切って迫った。門内から新手の仲間が駆け付ける足音がした。

磐音が後ろを見た。おっとり刀で四人が門を出てきた。

おこんをかばうように霧子が二人の前にするすると出ると、三人の若侍の動きを牽制《けんせい》した。

「女め、どけ。どかぬと素っ首を斬り落とすぞ！」

と若侍が叫んだ。

「すっとこどっこい、この間抜け侍め。相手を見て文句を付けてんだろうね。うちの亭主どのを、どこのだれだと思ってるんだい。唐変木が道を空けなってんだよ！」

おこんの口から深川六間堀仕込みの啖呵《たんか》が飛び出し、思わぬ逆襲に相手の若侍らは度肝《どぎも》を抜かれたようにその場に立ち竦んだ。

おこんが嫣然《えんぜん》とした笑みの顔に戻し、

「あれ、はしたないことを申したようですね、ご免遊ばせ」

と言うと三人の間をするりと抜けて、

「おまえ様、霧子さん、参りますよ」

と歩き出した。

「ということだ、許せ」

磐音はそう言うと落雷にでも打たれたような表情の三人を残して、おこんのあとを追った。すると神保小路の謂れになった神保伯耆守《ほうきのかみ》の門番が、

「おこん様、日本一！」

と声をかけ、隣近所の屋敷の奉公人がぱちぱちと手を叩いた。

その瞬間、おこんははっと気付いた。

「あら、どうしましょう」

と真っ赤に顔を染めたおこんがあちらこちらに頭を下げた。

「おこん、どうした」

「六間堀のおこんちゃんに戻り、地が出てしまいました」

「ほうほう、なかなか、本性は抜けぬものよ」

「どうしましょう」

「口をついて出た言葉は、どうやったところで取り戻せまいな」

「こんは二度と神保小路に参ることはできません」

「なにやらそなた、長年の宿便が出たようなすっきりした顔をしておるぞ」

「ふっふっふ、磐音様もはしたのうございますよ。たしかにもやもやは消えましたが腹ではございません、胸のつかえにございます。なんだかこの世が明るく見えます」

「ならば啖呵を切った甲斐《かい》があったというものだ」

二人の会話を霧子が笑いを堪《こら》えた顔で聞いていた。

「霧子さん、小梅村では内緒にしてくださいな」

「畏まりました。それにしてもおこん様はなかなか手強い女子《おなご》にございますね。若先生もかたなしでした」

「おこんが本気を出せばこうなる。霧子、そなたが利次郎どのと所帯を持ち、二人の間に子を生《な》すようなことがあれば、本日のおこんほどに強い母親になろう」

「なりましょうか」

「なりますとも」

と磐音に代わっておこんが答えた。

表猿楽町の三叉《みつまた》で磐音は後ろを確かめた。日向屋敷の面々が尾行してくるかどうかを気にしたのだ。その様子はない。

日の傾きからいって七つ（午後四時）の刻限か。

「おこん、そなたの養家に挨拶していかぬか。それとも空也が気にかかるか」

「磐音様、私もそのことを考えておりました。空也ならば早苗さんもおりますし、間違いなく本日もどてらの金兵衛さんが御寮に参り、あれこれと世話をしておりましょう。あなた様のお子です、少々遅くなったとて、泣きさわぐ子に育てた覚えはございません」

首肯する磐音に霧子が、

「おこん様、私が一足先に小梅村に戻り、このことを皆様にお伝えしておきます。その上で筋違橋《すじかいばし》御門下までお迎えに上がります」

と答えた。

「霧子さん、亭主どのと二人で両国橋を渡るのも乙《おつ》なものよ」

「いえ、おこん様のお腹にはややこがおられます。必ずや迎えに参ります」

と言い残した霧子が、柳橋の船宿川清に向かって二人の前から姿を消した。

磐音とおこんは訪問した速水家の仏間に入り、速水家の先祖に線香を手向け、当代の左近の江戸帰還をしばらくお待ちくださいと願った。

「養母上、お久しゅうございます」

おこんが養母和子《わこ》に挨拶をなした。

和子のかたわらでは李之助、右近の兄弟に、長女の典《のり》と次女の雅《みやび》が義姉の里帰りを迎え、座敷の端には用人の鈴木《すずき》平内《へいない》が瞼を潤ませて控えていた。

「おこん、よう無事で江戸に戻られましたな。祝着至極です」

「養母上、養父上が屋敷におられぬのがなんとも寂しゅうございます」

「御側衆として門前市をなしたときもあれば、甲府勤番を命じられ、ただ今はかように門前雀羅《じゃくら》を張る、これが人の世です」

と和子が達観した口調でおこんに話しかけ、視線が磐音に向けられた。

「磐音どの、ご苦労でしたな」

「和子様、しばらくのご辛抱をお願い申します」

と磐音は和子に話しかけた。

「わが亭主どのが戻られる兆候でもございますか」

「速水左近様は城中に欠かせぬお方です。それを山流しなどと呼ばれる閑職に追いやったお方の気持ちが知れませせぬ。必ずや江戸にお戻りになります」

和子が頷き、鈴木用人が、

「坂崎様、差し出がましい口を利きますこと、お許しくだされ」

「なんなりと。速水家と佐々木家は親戚以上の付き合いではございませぬか」

「殿様が甲府から江戸にお戻りになるのは、いつのことにございましょうな」

「これ、平内。最前、磐音どのが言われた言葉を聞かなんだか」

「奥方様、たしかに江戸にお戻りになられますとのお答えではございましたが、失礼ながら坂崎様の願いを込めたお言葉なのか、あるいはなにか確かな証《あかし》あってのことか、それがしには理解がつきませぬ」

和子が困惑の顔をした。

磐音はしばし沈思した。

その表情を左近の四人の子が凝視していた。

磐音は肚《はら》を固めた。

「和子様、われら上方《かみがた》を去るに際して、京の茶屋本家中島家に逗留いたしました。その折り、茶屋家のご当代がこの私を禁裏《きんり》に案内してくださいました」

「御所に参られ、どなたに会われたのでございますか」

「平内どの、それは申し上げられません。京にある朝廷と江戸に開かれた幕府とは開闢の折りから微妙な間柄にあること、敢えて申し上げることもございますまい。江戸で異例の出世をなされたお方であればあるほど、朝廷の機嫌を損ねたくないのが正直なお気持ちにございましょう。正月登城の折り、城中で老中の官位が低うては日頃のはばも利きますまい。官位を授けるのは京にございます」

「ほうほう」

「官位は朝廷の特権事項にございます」

と磬音は繰り返した。

京に滞在中、磬音が禁裏に上がったのはおこんも承知だが、だれに面会し、なんの話し合いが行われたかは知らなかった。

「平内、それ以上のことは不躾《ぶしつけ》ですよ」

「されど奥方様、今ひとつこの平内にはぴんときませぬ」

と鈴木用人がさらに言うのへ、磬音は、

「私どもがこの数年どこに潜み暮らしていたかは申し上げられません。ただその折り、高野山奥之院の副教導室町光然老師と親しい交わりを許されました。光然老師は室町の姓を持つように、京の公卿衆の出にございます。光然老師、茶屋本家、禁裏、そしてそれがし、あることで一致をみました。そのことが江戸城中で効き目を表すには、もうしばし時を貸してくだされ」

と願った。御三家の紀伊と尾張が磐音の運命に同情し、助力を申し出ていることは口にしなかった。

和子が磐音の話を聞くとすうっと立ち上がり、仏間に入った。

鈴《りん》が鳴り、和子の声がした。

「ご先祖様、左近様は近々必ずや江戸に戻って参られます。尚武館道場の坂崎磐音どのが私どもにかくもお話しなされたのは異例中の異例のことにございましょう。私は磐音どののお気持ちを、そしてその企てが必ずや遂行されると信じます」

との言葉が磐音の耳にも伝わった。

「若先生、ありがとうございます」

杢之助が頭を下げると右近、典、雅の三人の弟妹が兄を見習った。

「そなたらの父上はそれがしにとってもおこんを通じて義父、あるいは舅でもござろう。坂崎磐音が持てる力と知恵を絞るのは当然のことにござる」

「はっ、はい」

杢之助が顔を紅潮させて感激を表した。

「一つ、お願いがござる。それがしが話したこと、もうしばらく速水家の秘密にしていただきたい。相手は老中にして御側用人、どのような反撃の手を使うてくるやもしれませぬ」

「若先生、われら兄弟姉妹、命にかえても守ります」

「よう言われた、杢之助どの」

と磐音が速水家の長兄を褒めた。


磐音とおこんが速水家を辞去したのは五つ（午後八時）の刻限だった。遅くなったのは、霧子が速水家に姿を見せて、空也はすでに夕餉を終えて金兵衛と床を並べて寝ていると告げたこともあり、おこんの義弟妹たちが久しぶりに屋敷に姿を見せたおこんを帰そうとはしなかったからだ。

夕餉を馳走になって、霧子が舟で待つ筋違橋御門前の広場、八辻原《やつじがはら》に差しかかると待つ人がいた。

最前神保小路で言いがかりをつけた日向家の家臣たちだ。だが、こたびは若侍のほかに壮年の武芸者を同道していた。

「また会いましたな」

と磐音が長閑にも声をかけた。

「聞けばそのほうの女房は町人の出というではないか。あのような悪口雑言を武士に向かって投げるとは許せぬ」

「どうなさるおつもりか。ただ今の女房どのはことのほかご機嫌麗しゅうござる。じゃが、豹変するといささか手強き相手にござるぞ。いや、そなたら、すでに承知でござったな」

「ぬかせ」

若侍らがまず抜刀した。

壮年の武芸者は磐音の動きを見ていた。

「そなたら、主の日向どのの許しを得ての行動ではなかろう。ならばやめておかれよ」

「鵬齊様は一日他出なされておられる。このような雑事、われらの判断でなしたとて殿はお叱りにならぬわ」

「そなたら、代々の日向家の家来ではないな。奉公のなんたるかを分かっておらぬようじゃ。日向どのが戻られたら、坂崎磐音が宜しゅう申していたとお伝えなされ」

と言い残すと、磐音はおこんの手を引き、筋違橋御門下の船着場に向かった。

すると日向家の家臣たちがどどどっと追いかけてきた。

その瞬間、虚空を裂く音が響き、神田川の土手から鉄玉が投げられて胸や腰にあたり、その場に若侍らを転がした。

「あ、痛たた」

「だれじゃ」

と転がった若侍が叫ぶと、黒衣の霧子が姿を見せて、

「おこん様になり代わっての挨拶です。今宵はこの程度で許してあげます、出直しておいでなさい」

平然と言い放ったものだ。

四半刻後、大川を一艘《そう》の猪牙舟が上流へとゆっくり遡上《そじょう》していた。櫓を霧子が握っていたが、小梅村の御寮に近づいてくるその姿をうっとりと利次郎が見詰めていた。

磐音とおこんは、なんとも幸せそうな利次郎の顔を微笑みとともに見ていた。

第五章　月命日

一

佐々木玲圓とおえいの月命日を明日に控えた未明、辰平、利次郎ら住み込み門弟五人は、槍折れを手に尚武館坂崎道場の周りの見回りに出た。

その気配に尚武館を見張る「眼」が動いた。

御寮の敷地の北側に辰平がやってきたとき、行く手の竹林に潜んでいた「眼」からくぐもった声が上がった。竹の葉を千切って鉄菱《てつびし》が飛んできたからだ。辰平ら見回り組に注意がいって、霧子が背後に忍び寄っていることに気付かなかったのだ。

「うっ」

と押し殺した声を洩らしただけで耐えられたのは、さすが公儀御庭番衆道灌組の面々といえよう。

鉄菱が飛来する方角に注意を向け直し、影に向かって応戦の十字手裏剣を投げたとき、霧子はすでに竹林から移動して身を潜めていた。

道灌組の「眼」の小頭《こがしら》一ノ矢太吉《いちのやたきち》が無言のうちに、

(散って、鉄菱を擲《なげう》った女忍びを囲め)

と命じた。

命に従い、散開したとき、いつもは尚武館道場の長屋門に繋がれている白山が、竹の落ち葉を力強く踏みしめて突進してきた。

「くそっ、小頭、犬が放たれた」

と思わず道灌組の見張りが小頭に訴えたとき、
びしり
と再び鉄菱が飛んできて、声を洩らした道灌組の一人の腹部を襲った。

「う、ううっ」

とさらに洩らす声に道灌組の陣形が乱れた。

ふうっ

と気配もなく新たに道灌組の背後に迫ったものがいた。

辰平ら、住み込み門弟衆が小田平助直伝の槍折れを翳して、

「怪しやな、何者か」

「おい、ここは尚武館坂崎道場の住まいと道場じゃぞ。金品はないが腕自慢はおる。押し込みでもなさんという魂胆ならば、死を覚悟してかかって参れ」

と口々に叫びながら襲いかかった。

道灌組の見張りのほうが、辰平ら見回り組に倍する人数がいた。だが、霧子の鉄菱と白山の奇襲を受けて浮き足立っているところに、辰平らの槍折れの攻撃を受けたのだ。

槍折れでさんざんに腰や腕を殴られ、腹や胸を突かれて退散させられた。

「なんだ、公儀御庭番衆というからもう少し骨が折れるかと思うたが、他愛もないな」

利次郎が思わず洩らした。

「利次郎さん、まだ舟組がいますよ。御庭番衆を甘く見てはなりませぬ」

霧子がふわりと竹を揺らして姿を見せた。その脳裏にあったのは、師匠の弥助とて御庭番衆の一員だということだった。そして、師匠は今頃どこでどうされて

いるのだろうかとその行動を案じた。

(師匠、必ず小梅村に戻ってきてください)

と霧子は念じた。

「よし、小舟に乗り込め」

辰平の合図で、猪牙舟が舫われた尚武館前の船着場に走った猪牙組と徒歩《かち》組に分かれて、大川と並行する流れの葦原《あしはら》に潜む道灌組の舟組に迫っていった。

尚武館道場を監視する「眼」の一ノ矢組が襲われたことを察知していた道灌組の舟組に、

「それいけ、それいけ」

と景気をつけて迫る利次郎ら猪牙組の勢い盛んな気配を察した舟組の小頭宇崎《うざき》新兵衛《しんべえ》が、

「正面から当たられては勝ち目がない、尚武館の面々に押し負かされる。こうなった以上、陣容を立て直して出直す」

尚武館道場の見張りの中止を決めて大川本流へと舟の舳先を向けた。

「霧子が言うほどには手応えはないぞ」

利次郎が猪牙舟の胴の間で腕を撫《ぶ》していたが、

「利次郎さん、御庭番衆に限らず忍びはその姿を相手に察知されたら、すでに使命はしくじったということです。尚武館道場相手にこちらを委縮させようと、これ見よがしの監視を続けてきたのが裏目に出ました」

「あやつらが態勢を立て直すのにはどれほどかかろう」

辰平が霧子に尋ねると、利次郎が勇ましくも、

「新たな監視の者を配置するようならば、またいぶり出して追い払うまでだ。まあ、今しがたの体たらくだ、今宵は姿は見せまい」

と霧子に代わって答えた。

「いえ、間違いなく今宵も見張りに就くでしょう。されど舟組だけに絞り、水上からこちらの動きを見張るはずです」

「霧子、舟は今しがたと同じように一艘か」

「いえ、小回りの利く小舟に変えて、二艘か三艘に増やすと見ました」

と霧子が静かに応えていた。

「ならばわれらもいささか仕度を整えておかねばなるまい」

と辰平が応じ、霧子が頷いた。

この日、朝稽古が終わり、朝昼を兼ねた食事を終えたおこんと辰平は、娘船頭

霧子の櫓で大川に尚武館道場の小舟を出した。おこんと辰平の間には、すっかり小梅村の御寮の暮らしに馴染んだ空也が座り、往来する荷足舟《にたりぶね》や猪牙舟を見ていた。

この猪牙舟の動きをすでに察知した小舟があった。早くも見張りの態勢を変えた御庭番衆道灌組の小舟だろう。

「霧子、こちらが考える以上に相手の立て直しは早かったな」

「瘦《や》せても枯れても上様直属の御庭番衆ですから」

娘船頭は答えたが、格別気にしているふうはない。

猪牙舟が着けられた先は柳橋の船宿川清で、おこんが今津屋の奉公人時代から懇意の船宿であり、表猿楽町の速水家に養女に入る折りも川清が祝い舟を仕立ててくれ、柳橋の上から鳶《とび》の連中が祝い歌を歌い、紙吹雪を散らして祝ってくれたこともあった。

川清の女将《おかみ》のお蝶《ちょう》が、

「おこん様、ようも江戸に戻られましたな。ああ、この若様が空也様ですね。どれどれ私に抱かせてくださいまし」

と空也を両腕に抱き締めたものだ。

一方、辰平は馴染みの船頭の小吉と何事か相談した。

四半刻後、猪牙舟を川清に預けた四人は米沢町角の今津屋に向かった。

空也は両国西広小路に入ると、あまりの人込みと、何軒も軒を連ねる髪結い床の光景やら見世物小屋や物売りの口上にびっくりして足を竦めていた。

「母上、おまつりか」

「いいえ、祭礼というわけではありません」

「たくさんの人ですよ」

「驚きましたか。江戸に戻った刻限はまだ夜明け前のことでしたものな。ために向こう岸の東広小路も西広小路も人影はございませんでした。日中はいつもかような人込みですよ」

「いつものことか」

「いつもかような賑わいです」

親子の会話を聞きながら、霧子は道灌組の尾行が従っていることを確かめた。

「こちらをご覧なされ。あの通りの角に大きなお店《たな》があって、軒に分銅《ふんどう》の看板が下がっているのが見えますか」

「見えるぞ、母上」

「これから訪ねる両替商今津屋です。母が父上と所帯を持つ前にご奉公していたお店です」

「大きなお店です。なにを売っておりますか」

「今津屋は両替商、物は売りません。空也がもう少し大きくなれば、両替商がどのような商売か母が教えてあげます」

人込みに佇《たたず》んで話し合う母子に最初に気付いたのは、用足しから戻ってきた手代の宮松《みやまつ》だ。

「おこん様だ」

「おや、宮松さん。小僧さんから手代さんに出世なされましたか」

「いつまでも小僧の宮松ではございませんよ」

と応じた宮松が大声でおこんらの訪問を告げたので、今津屋じゅうが急にざわめいた。

江戸を三年以上も空けたおこんが、空也を連れて今津屋を訪れたのだ。

宮松の知らせに由蔵が奥に注進して、奥の間もまた急に賑やかになった。

今津屋の跡継ぎの一太郎と次男の吉次郎が、腰に小さ刀を差した空也を大喜びで迎え、早速賑やかに遊び始めた。

そんな騒ぎの中、今津屋の裏口から霧子がまるで今津屋の女衆の形《なり》で姿を現し、辺りを見回して、

「辰平さん、裏口までは手配が回っておりません」

と声をかけた。

こちらも今津屋の奉公人、手代のお仕着せに着替えた辰平が、路地から西広小路の人込みに紛れ、その背後をだいぶ離れて霧子が追った。

尾行がついていないことを何度も確かめた辰平が半刻後に訪れたのは、不忍池《しのばずのいけ》の端、下谷茅町《したやかやちよう》にひっそりと隠れるように佇む茅葺きの小門だった。

料理茶屋谷戸《やと》の淵《ふち》と磐音にどのような関わりがあるのか、辰平も、外で見張りについた霧子も知らない。辰平は磐音から一通の書状を預かってきていた。

「ご免くださいまし」

辰平が谷戸の淵の玄関で声をかけると、二十歳を一つ二つ過ぎたか、匂い立つ美しさの女が姿を見せて、

「どちら様にございますか」

と訪《おとな》いの理由を尋ねた。

客が訪れる刻限ではない。また訪問者の形は一見お店の奉公人のように見えた

が、どことなくお仕着せが身についていないようにも感じられた。

「それがし、いえ、私は米沢町の両替商今津屋の手代にございます。お京様《けい》に、主より預かりし書状がございます。返答を頂戴してこよとの主の命にございますれば、書状をじかにお京様にお渡し願いとうございます」

辰平がお店の手代とはとても思えぬ侍言葉で口上を述べ、書状を差し出した。

忍《しのぶ》は書状の相手が確かにお京となっていることと、差出し人がないことを見て、

「しばしお待ちください」

と奥に下がった。

昼下がりの料理茶屋は森閑としていた。

どれほど待たされたか。足音がして、最前の若い娘とその母親と思しき女が姿を見せた。母親の手には披かれた磐音の書状があった。

玄関口に座した母親が、

「お京はわが母にございますが、先年身罷りました」

「えっ、お京様が亡くなられた」

辰平はつい披かれた書状を見た。

「坂崎磐音様は江戸にお戻りになったのですね」

と母親が念を押した。

辰平は幾分安心した。磐音を知っており、事情が分かった上でお京に宛てた書状を披いたと考えられたからだ。

「いかにもさようです」

「それはようございました」

と母親が返答をし、

「若先生にこうお伝えください。用件はお茅《かや》が承《うけたまわ》りましたとな」

「それだけにございますか」

「ふっふっふ」

と笑ったお茅が、

「そなた様は今津屋の手代さんではございませんね」

「見抜かれましたか。それがし、尚武館坂崎道場の門弟、松……」

と名乗りかけた辰平を制したお茅が、

「お待ちしますと若先生にお伝えください」

と言い、辰平は会釈を残して谷戸の淵をあとにした。

おこんは今津屋の奥で吉右衛門、お佐紀、さらには老分の由蔵を相手に尽きぬ話をし、いつしか庭に落ちる陽射しが西に傾いたのを知って、空也を呼び、

「辰平さんと霧子さんは」

と由蔵に訊くと、もはやこちらにお帰りですとの返答を貰った。

「三年余の旅にございました、話は尽きませぬ。旦那様、お佐紀様、泊まりがけで御寮をお訪ねください」

おこんが願い、空也を一太郎と吉次郎がお店の前まで見送って、訪ねたとき同様、辰平、霧子を従えて柳橋の川清に向かった。

その一行を道灌組の眼が監視していたが、途中で辰平と霧子が今津屋を抜け出たことに気付いてはいなかった。

またおこんは、辰平がどこに使いをしたか磐音から聞かされていなかったし、訊くつもりもなかった。それが肝要なことならば必ず亭主が話してくれると信じていたからだ。話さないのは田沼意次一派との暗闘に関わることと、おこんは推量していた。

四人が船宿川清を出たのが七つ半（午後五時）前のこと、傾いた秋の陽射しが川面を橙色《だいだい》に染めていた。

空也は猪牙舟から水面に手を差し伸ばして、浮かんだ葉を摑もうとしていた。

「空也、江戸をどうお思いですか」

「姥捨の郷よりも人がおおいぞ、母上」

「おおいぞ、ではありません。多いです、と申されよ」

おこんは時折り、空也の言葉遣いがいささか乱暴になることを気にしていた。小梅村の暮らしに慣れた暁には、坂崎家の嫡男に相応しい教育をせねばとおこんは気を引き締めた。

「はい、多いです」

「そなたは京の町にも尾張名古屋城下にも逗留なされましたな。覚えておいでですか」

「母上、おぼえておるぞ、いえ、おぼえています」

「どうですか。江戸と京、名古屋をくらべて」

うーむ、と空也が頭を捻《ひね》った。

幼い頭には、姥捨の郷を出て、京、ついで名古屋に滞在したことは覚えていても、三都がどれほど離れているとか、江戸と京、江戸と名古屋の支配関係など理解がつかないだろうと思われた。ただくらべよとおこんに言われても、空也は頭を捻るしかなかった。

「母上、江戸と京はちがう都です。名古屋は江戸とよう似ております。じゃが、にぎやかなのはこの江戸じゃ、母上」

「京は天皇様がお住まいの古い都です。江戸は公方様の都ゆえ町の景色も異なりましょうな」

おこんが応じたとき、西の空が茜《あかね》色に染まった。

「おうおう、慌ててついてきおったぞ」

辰平が、霧子船頭の後方から急ぎ追跡してきた小舟を見て笑った。

「辰平さん、霧子さん、このような尾行に慣れなければなりませんね」

おこんが呟く。

「おこん様、煩わしゅうございましょうが、慣れるしかございません。なにしろ背後に控えておられるお方がお方ですから」

と答えた辰平が、

「弥助様はどちらに行かれたのか」

と自問するように呟き、

「おこん様、尚武館に戻ってこられますよね」

「私より霧子さんのほうが弥助様のお考えを承知でしょう」

おこんが霧子に話を振った。

「公儀御庭番衆道灌組が尚武館の敵になったことで、師匠は苦しい立場に立たされたことは間違いございません。私は、師匠がもはや御庭番衆吹上組の一員というより尚武館道場の人間であることを承知しています。いえ、師匠が御庭番衆から尚武館へ鞍替《くらが》えしたのではありません。家基様の毒殺騒ぎが、師匠を尚武館へと押しやったと思っています。今、師匠はその後始末にかけずり回っておられるところ、と推測しています。事情がどうであれ、公儀御庭番衆を抜けるのは並大抵のことではございますまい。苦労なさっておられましょうが、師匠は必ずや私どものところに戻って参られます」

と霧子が言いきった。

頷くおこんも辰平も、霧子が願望をこめて話していることを承知していた。そしてそれは、おこんの願いでもあり、辰平の願いでもあった。

霧子船頭の小舟が大川左岸の堀の口に入り、尚武館道場の船着場が見えてきた。するとそこに白山の散歩をなす利次郎の姿があった。

「おこん様、空也様、霧子、お帰りなされ」

利次郎が大きく手を振った。

「利次郎、一人忘れてはおらぬか」

「なんだ、辰平、同道しておったのか」

「あのようなことを言いおって。お供を命じられたのは若先生じゃぞ。文句があるならば、若先生に申せ」

「言えるものか。さぞ今津屋では馳走が出て、接待されたであろうな。羨《うらや》ましいぞ」

と大声で言いながら船着場に下りてきた利次郎が、ちらりと尾行の小舟に眼をやって、

「辰平、空也様をこちらに渡すがよい」

と白山の引き綱を放して両腕を差し出した。

「しっかりと抱き取ってくれよ」

と辰平が空也を利次郎に渡すと、二人の顔が接近した。すると利次郎が最前とはがらりと語調を変え、

「辰平、若先生が道場でそなたの帰りを待っておられる」

と小声で告げた。

辰平はただ小さく頷いた。

磐音は道場で抜き打ちの稽古をしながら辰平の帰りを待っていた。

「ご苦労でしたな」

と労《ねぎら》った磐音に、

「若先生、お京様はすでに身罷っておられました」

「なんと、お京様は亡くなられたとな」

「ために書状はお茅様が読まれ、用件はお茅が承りました、お待ちします、との返答にございました。それでよろしかったのでしょうか」

「辰平どの、よう務めてくれた。じゃが、このこと、霧子とそなたの胸に仕舞っておいてくれぬか」

「承知しました」

と磐音の前から離れる辰平を見ながら、

「谷戸の淵も代替わりか」

と磐音は呟き、江戸を空けた歳月の長さを思った。

二

この日、小梅村が濃い闇に包まれた頃、尚武館坂崎道場の船着場に二艘の猪牙舟が着けられた。だが、舟にはだれも乗っている様子はない。

「川清の船頭さん方、待っておりましたばい」

今や尚武館道場の用人の体《てい》の小田平助に迎えられたのは、柳橋の船宿川清の小吉船頭と弟分の美代治《みよじ》だ。

(だれかを迎えに来たか)

と尚武館を見張る御庭番衆道灌組の舟に緊張が走った。

だが、小吉らは尚武館の長屋に通った様子で、そのうち、酒を飲む様子が外に伝わり、宴は一刻ばかり続いたあと、眠りに就いた様子があった。

道灌組の見張りが首を捻った。だが、小舟に待つ小頭にそう報告するしかない。

「なんぞ企んでおる。見張りを怠るな」

緊張の上にも緊張の監視を小頭宇崎新兵衛が命じた。

尚武館が動いたのは日が変わった八つ半(午前三時)の刻限だ。

閉ざされた尚武館道場の長屋門の面々が起きた気配があり、

「若先生、おはようございます」

「昨夜は眠れましたか」

と住み込み門弟の声もした。それに対して磐音の、

「朝早くから相すまぬ、小吉どの」

という言葉も響いて、
ぎいっ
と尚武館坂崎道場の門が開けられた。するとまず船頭の小吉、美代治、このところ娘船頭を務めることが多い霧子の三人が姿を見せ、船着場に止められていた猪牙舟の仕度を素早くなした。すると頃合いを見て塗笠に羽織袴《はおりはかま》の坂崎磐音が小田平助の、

「若先生、ご苦労たいね」

という言葉に送られて姿を見せ、船着場に悠然と下りた。続いて同じような身仕度の「坂崎磐音」がまた一人、そして、また一人と都合三人も現れ、三艘の猪牙舟にそれぞれ乗り込むと、堀からまだ真っ暗な大川へと出ていった。

道灌組も見張りを三艘に増やしていた。小頭の宇崎は一艘を小梅村に残すかど

うか逡巡した末に、見張りの三艘とも尚武館道場から出た三艘の猪牙舟をそれぞれ追わせることにした。三艘がばらばらに分かれることを予測したからだ。

霧子、小吉、美代治の順で横に並んだ猪牙舟は吾妻橋の方角、下流へと進み、御厩河岸ノ渡しを過ぎたところで御米蔵を大きく取り巻く運河に入っていった。

だが大川とは異なり、運河は狭く三艘が並んで進むことはできない。

霧子、小吉、美代治の順で数間の間をおいて進んだ。さらにそのあとを道灌組の三艘が続いた。

運河が浅草御蔵前通りに沿うように鉤の手に曲がった。

道灌組から一人が飛び下りて堀端の暗闇《くらやみ》を前方に向かおうとした。ほぼ同時に霧子の猪牙舟に乗った坂崎磐音が、
ひょい
と石垣の上の堀端の道に飛び上がり、そこに待ち受けていた同じような人影と素早く交代した。そして、霧子の舟は何事もなかったように進み、堀端に飛び上がった影は浅草御蔵前通りに姿を没させていた。

そこへ御庭番衆道灌組の一人が暗闇伝いに姿を見せて、三艘の様子を見た。だが、塗笠の人影はそれぞれの猪牙舟の胴の間に端然と座して、揺らぐ様子もなかった。

霧子ら三人が漕ぐ猪牙舟は、幕府の御米蔵の一番堀から八番堀の裏手を進み、三河岡崎藩五万石の本多家の下屋敷の間に掘り抜かれた運河へ曲がると、再び大川へ出て、上流へと舳先を向けた。

「しまった。御米蔵の陰に入った直後、猪牙に乗っていた人物が入れ替わったのではあるまいか」

道灌組の小頭宇崎新兵衛が悔いの言葉を吐いたが、

「すでに時遅し」

だった。

霧子らの漕ぐ三艘の猪牙舟は何事もなかったように上流へと漕ぎ上がり、三囲稲荷の手前に口を開けた堀へ入ると船着場に着けられた。

「どぎゃんやろか。霧子さんの櫓さばきはたい」

と迎えに出た小田平助が小吉に尋ね、

「小田様、うちの美代治よりよっぽど頼りになりますぜ。うちが忙しいときは霧子さんに手伝いを願いたいほどですよ」

「ほうほう、そぎゃんことならたい、おこん様に陣痛がきてもくさ、霧子さんの舟でくさ、桂川甫周先生のもとに運んでいけますな」

「海に出るわけもなし、頼りにしてようございます」

「これでひと安心たい。ならばくさ、遼次郎さん、辰平さん、利次郎さん方、霧子さんの櫓ば信用してよかろが」

「素人《しろうと》芸と思うたが、玄人《くろうと》からお墨付きをいただいたとはな、霧子にかような才があるとは知らなんだ」

利次郎が感嘆したように言った。

御米蔵の背後で磐音と素早く入れ替わったのは坂崎遼次郎だった。その遼次郎は、霧子と利次郎の顔を交互に見て微笑んでいた。

「知らぬはどなたかばかりなりけり、と世間で言いよろうが。よかたいよかたい、ちいといつもより遅かばってん、稽古ば始めますばい」

尚武館坂崎道場の客分にして用人格小田平助の声に、猪牙舟から下りた面々が長屋門を潜り、朝稽古の仕度に入った。そして務めを果たした小吉と美代治は、船宿川清に戻っていった。

その頃、佐々木家の家紋の入った羽織と袴姿の坂崎磐音は、東叡山寛永寺の一隅の、鬱蒼《うっそう》たる原生林に囲まれた隠れ墓所に入っていこうとしていた。

そこは東照大権現宮に隣接した別当寒松院《べっとうかんしょういん》の墓所だった。

墓所に入ると、その一角は太古から時が止まったかのように思えた。

磐音は菊の花を小脇に抱え、手首には数珠《じゅず》を巻いていた。

墓所の奥まったところから岩清水の音がちょろちょろと響いて、かたわらの無人の小屋に閼伽桶《あかおけ》がいくつか置かれてあった。

磐音がこの墓所を訪れたのは三年半余も前のことだった。

玲圓に案内されて訪れたのが初めてのことだった。

今から考えれば、玲圓はこれから起こる悲劇を武人の勘で察知していたのかもしれない。ゆえに後継たる磐音に佐々木家の秘密と使命を言い残したのではないか。

うっすらと東の空が白んできた。

磐音は桶の一つに水を張り、まず持参した菊の花をそこへ浸けた。そして、羽織を脱いで岩清水が染み出る岩の上に置き、備前包平《かねひら》と数珠を羽織に添えた。

もう一つの閼伽桶に水を溜め、ただ武門を示す違《ちが》イ剣《けん》の紋が刻まれた、苔《こけ》むした墓石の周りを清掃し、何杯も岩清水を汲《く》み替えて、苔を落とさぬよう手で洗った。

ただただ慈しみ、愛でるように墓石の表面についた三年余の時を洗い清めた。

さらに朝が白んできたが、隠れ墓所の時は止まったままだ。

　磐音は佐々木家の墓石を清めると桶に入れておいた菊の花を二つに分けて墓に供え、持参した火打ち石と付け木を使い、火を熾《おこ》すと線香に移した。

　羽織を着直し、数珠を手に包平を下げて墓前に座した磐音は、線香を手向けて瞑目すると合掌した。

（養父上、養母上、江戸に帰着いたしましてございます）

（ご苦労であった）

　磐音の胸に玲圓のおだやかな笑顔が浮かび、そう応じてくれた気がした。

（養母上、おこんとの間に子が生まれましてございます）

（磐音どの、この腕に空也をな、そして生まれてくる子を抱きしめとうございましたよ）

（それがしも養父上、養母上に抱いていただきとうございました）

（磐音、詮無きことよ）

（今しばらくわれらの戦いを見守ってくだされ）

　うむ、と懐かしい玲圓の返答が耳朶《じだ》の奥に響いたように思えた。そして、胸中の玲圓とおえいの姿が掻き消えた。

磐音は瞑目し合掌したまま、佐々木家の墓所に流れる悠久《ゆうきゅう》の時に身を委ねていた。

どれほどの時が流れたか。

鬱蒼たる樹幹と葉叢《はむら》の間から微光が射し込んできた。

磐音は微かな気配を感じて両眼を見開いた。

すでに線香は燃え尽きていた。

うっすらと墓所に靄《もや》が流れていた。

磐音は佐々木家の墓石の前から立ち上がった。長い間、玉砂利の上に正座していたので両足に痺《しび》れを感じていた。体がゆらゆらとよろめき動いた。

磐音の視線が老松の梢《こずえ》にいった。

「なんぞ用か」

と問いかけた。

梢が揺れて、ふわりと磐音の数間前に飛び降りた影があった。

燻《ふす》べ竹色の陣羽織を着た主は、公儀御庭番衆道灌組のお頭甲賀臑八だった。

「臑八とやら、ここがどこか承知のようじゃな」

「この三年余、佐々木家の氏素性《うじすじよう》を調べ抜いた。寛永寺のとある高僧に貸しがあってな、取り立てようとしたとき、思わぬ話を聞いた」

「わが佐々木家の秘命か」

「いかにも」

「公儀御庭番衆の本義を忘れたようじゃな、臑八」

「本義とはなんぞや」

「公儀御庭番衆なれば知れたこと、公方様御一人の命《めい》に従うこと」

「ああ呆けられてはな」

「田沼意次に従う理由とはならぬ。御庭番衆の改革者柴崎露庵様はそなたを許されまい」

と磐音が言いきった。

「ほう、柴崎様をそなた、承知か。いや、承知ではないな、弥助に聞いたか」

磐音は弥助が近くに潜んでいることを察知した。

「そのほう、一人か」

「長らく網にかかるのを待っていたのだ。だれに教えられるものか。坂崎磐音はわしが倒し、公儀御庭番衆の総頭領に就く」

「神田橋の主が約したか」

「ふっふっふ」

と臑八は忍び笑いをすると、

「老中は神田橋のお部屋様、おすな様の無念を忘れてはおられぬ」

「愚か者が。本義を忘れた公儀御庭番衆の末路を教えてつかわす」

臑八が腰の直剣を抜いた。鍔《つば》ではなく鉤の手が左右に突き出た両刃の剣だった。

磐音は包平を抜くと正眼に構えて、

（養父上、墓所をお騒がせ申します）

と詫びた。

臑八がぐるぐると磐音の周りを回り出した。

磐音は臑八が背に回っても動く気配を見せなかった。ただ寒松院の隠れ墓所の中に佇んでいた。

臑八が回転の遅速を変えた。ために背後に隠れている時が長く感じられたり、早くなったりした。

臑八は磐音の痺れを計算して攻撃をしかけていた。

磐音は両眼の瞼を細めて、臑八の気を読むことに集中した。

墓所に流れる時と磐音の居眠り剣法の醸《かも》し出す気が同調し、頭上を吹き渡る風に鳴る松籟《しょうらい》を聞きながら、磐音は立っていた。

幾度めか、膳八の姿が右から左へと流れて、磐音の視界から消えた。

その瞬間、磐音は異変を感じていた。

ざっざっざ
と鳴る玉砂利の音が消えて、虚空に殺気が漂った。

ふわり
と磐音の腰が落ちて佐々木家の墓所の前に尻餅をつくように座ったと同時に、その前に刃と影が落ちてきた。

磐音の不動の包平が一閃し、落ちてきた影を斜めに斬り上げていた。それは両足の痺れとは関わりがない反撃だった。

手応えを感じつつ、磐音は引き回した。

甲賀膳八の体が横手に転がり、必死の逃走に移った。だが、岩清水が染み出る岩に片手をつくと力尽きたか、磐音のほうを振り返った。なにか言いかけた膳八が最後の力を振り絞って奥歯を嚙み締めた。

ばーん！

と音が響いて膳八の顔が四散し、体が崩れ落ちていった。

臑八は公儀御庭番衆としての最後の務めを果たした。顔を消し、身許《みもと》を探られないように始末をなしたのだ。

磐音は立ち上がると包平に血振りをくれ、鞘《さや》に納めて墓に一礼すると、墓所から寒松院の境内《けいだい》に出た。すると隠れ墓所の外に弥助が座して控えていた。

「若先生のお手を煩わせました」

と弥助が言った。

「そなたの邪魔をいたしたようだ」

「御庭番衆の朋輩、臑八の始末をつけるにはいささか手続きがございましてね。ために若先生に先を越されてしまいました」

「どちらが手を下そうと同じことではござらぬか」

「若先生、骸《むくろ》の始末をつけてようございますか」

「頼もう」

と応じた磐音が、

「弥助どの、尚武館道場に戻ってこられますな」

「よろしゅうございますか」

「われら身内にござる」

「へえ、戻らせていただきます」

「それがし、もう一つ立ち寄るところがあるでな」

と弥助に言い残すと磐音は寒松院の境内の西側へと回り込み、不忍池へと下っていった。


四半刻後、磐音は下谷茅町の料理茶屋谷戸の淵の仏間に入り、灯明を灯し、線香を手向けていた。

「お京様、再会叶わず無念にございます」

「若先生がお帰りになるのを楽しみにしていたのですが」

と谷戸の淵の女主に就いたお茅が言った。

その言葉に首肯した磐音は、

「お茅様、これからも幾久しいお付き合いのほど願います」

佐々木家の後継に戻った磐音が願った。

「こちらこそ宜しゅうお願い申します」

とお茅が答えて、玲圓に代わり、月命日に佐々木家の隠し墓に参ったあと、谷戸の淵に立ち寄って時を過ごす秘事が、両者の間で新たに約された。

「若先生、佐野善左衛門様もそろそろおいでになる頃にございます」

と茶を運んできた忍が告げた。

「佐野様はお変わりなかろうか」

「若先生と旅先でお会いになったとか」

とお茅が告げた。

「佐野様がそのように」

頷いたお茅が、

「旅先から戻られてうちにお見えになり、尚武館の若先生に会《お》うたと上気して話されましたが、なんとも要領を得ない話にございました」

「でござろうな」

突然京に現れた佐野善左衛門に、磐音が説得したのは、

「時節を待つように」

という一事だった。相手は老中田沼意次、そう容易く事は運ばないことを縷々《るる》説明した。

「あれが一年近くも前のことでしたが、近頃ではまた消沈しておられます。使いの者に質しますと、若先生が江戸に帰着なされたことを聞いた佐野様が俄かに張

り切られたとか。本日も興奮の体《てい》で姿を見せられましょう」

「お茅様、佐野家の心配ごとは消えておりませぬな」

　お茅が首を縦に振った。

「そのせいか近頃の佐野様は、いつにも増して感情の起伏が激しゅうて、ご家来方も大層お困りでございますそうな」

「それはいささか案じられますな」

「若先生、どうか佐野様の言動を気になされませぬように」

とお茅が告げたとき、女衆が佐野善左衛門政言の到着を告げた。

　磐音は仏壇に向かって合掌すると、立ち上がった。

　この日、磐音と佐野善左衛門の会談は二刻（四時間）に及んだ。会談の冒頭から佐野の精神状態は不安定で、老中田沼意次への憤怒の感情を際限なく洩らし、

「もはやそれがし、堪忍袋《かんにんぶくろ》の緒《お》が切れそうじゃ」

と磐音に訴えた。磐音は佐野の怒りと愚痴を親身になって聞き、

「今しばらくの辛抱を」

と自制を促した。会談の途中からお茅が加わり、酒食が供されて、佐野の気持ちも幾分和らいだ。

「佐野の殿様、お怒りはもっともと存じます。されど尚武館道場の哀しみも忘れてはなりますまい。家基様に殉死なされた玲圓様、おえい様の無念を、坂崎磐音様は一身に負うておられるのですよ」

お茅の言葉に佐野が、はっ、としたような表情を見せて、

「そうであったな。わが佐野家ばかりではなかった。田沼意次の横暴専断に泣かされ、耐えておるのはのう」

と洩らし、どこか憑《つ》きものが落ちた様子で頷いたものだった。

三

「水に浮く亀を献ずる小石川」

川柳に詠《よ》まれる行事が浮亀の御献上であった。これは御三家の水戸徳川家から毎年の嘉例《かれい》になった将軍家献上で、七月か八月に行われた。

天明二年は献上品の楂魚《まんぼう》、世間でいう浮木《うきぎ》の、かたちよき魚がなかなかとれず、九月になってようよう網にかかり、中奥《なかおく》御庭に持ち込まれて将軍家治に披露されることになった。

家治は浮亀が大きな木樽に茫洋《ぼうよう》と浮く姿をちらりと眼に留めて、

「水戸どの、大儀であったな」

と満足げな笑みを残してその場から姿を消した。

その場に列席の老中田沼意次が御用部屋に引き上げようとしたとき、水戸《みと》治保《はるもり》が、

「ご老中」

と呼びとめた。

寛延四年（一七五一）に誕生した治保はこのとき、三十二歳であった。そこへ偶然を装い、尾張徳川家の当主宗睦《むねちか》と紀伊藩主治貞《はるさだ》の二人が歩み寄った。

「治保どの、なんぞ御用かな」

と田沼意次は御三家の顔ぶれに警戒の色を見せた。

家治の御側用人として並ぶ者なき権勢を振るう田沼だが、御三家三人の顔合わせは無視できない。

「なんでも田沼家では、歳月をかけた家系図をこのほど完成されたとか。後学のために治保に見せてはいただけませぬか」

水戸め、嫌なことを言うなと田沼は思ったが、

「治保どの、田沼の家系など取るに足らぬ系図にございましてな。氏は藤原なれど素性の知れぬ佐野姓の貧乏侍にござれば、御三家に披露するようなものではございませぬ」

と謙遜した。

「いえいえ、なかなかの苦心のお作と聞いており申す」

と治保が応じるのへ、尾張徳川の宗睦が言い出した。

「さような機会を予とて見逃しとうはござらぬ。田沼どの、ぜひ拝見仕りたい」

と願った宗睦の腰には、家基から磐音が頂戴した小さ刀があった。

「御三家にお見せする代物ではござらぬがのう」

と困惑の体で呟く田沼に、紀伊藩主の治貞が、

「異なことを耳にした。なんでも旗本佐野善左衛門家の系図が田沼家に貸し出され、未だ戻されぬとか」

と言い出した。安永四年（一七七五）に藩主の地位に就いた治貞は、このとき五十五歳であった。

「なんと、治貞どの、旗本佐野家の系図が田沼家の系図のもとになったと申されるか。老中田沼様がさような姑息をなさるまい」

と宗睦が笑い、

「いや、佐野善左衛門は系図が貸し出されたまま戻ってこないと、大いに立腹しているそうな」

「治貞どの、それは噂話の類にござるよ。笑止千万なことです」

治貞をいかにも注意するような体で宗睦が言った。

「いかにもいかにも、噂話にございましょうな」

治貞が得心したように応じて、田沼意次はほっと安堵の表情を見せた。

「そういえば田沼どの、紀伊領内にも面白い話が流れておってのう、一度真偽をお尋ねしとうござった」

田沼の実父意行《おきゆき》が奉公した紀伊徳川家は、八代将軍吉宗が藩主時代に意行を召し出した藩主家であり、決して無視できない相手だった。

「なんでござろう、治貞どの」

内心不快を感じながら問い返した。

「女人禁制の高野山に、乗り物で詣でようとした女子がおるそうな」

「なにっ、空海上人の聖地に女子が乗り物でとな。身の程知らずも甚だしい。何者であろうか」

と宗睦が治貞に尋ね返した。

「老中田沼意次様の側室田沼御素名《おすな》と名乗ったそうな」

「治貞どの、それは最前の話よりおかしかろう。ご老中田沼どのの側室がさような愚かな真似をするわけもない」

「いや、それがこの女子には田沼家用人も同道していたとか」

「治貞どの、そなたの領内でさようなことが起こるはずもあるまい」

「宗睦どの、高野山は天下の霊場、内八葉外八葉は紀伊領内であって紀伊でなし。そこでかように田沼様に直にお尋ねしたのでござる」

と治貞が言い出した。

田沼意次は三人が顔を揃えたのは偶然ではない、魂胆があってのことと悟った。ならば老中の権勢を見せつけてくれんと肚を固めた。

「御三家の揃い踏みでなにかと思えば、なんとも他愛ない話でございますな。この意次、いささか多忙の身、失礼いたす」

と田沼がその場から去ろうというところに再び、宗睦が言い出した。

「御三家と老中どのが顔を合わせる機会は滅多にあることではない。田沼どの、今一つ、お伺いしたき儀がござる」

きいっ
と眉間《みけん》に皺《しわ》を寄せた田沼が宗睦を見返す。

「ただ今、そこもとの嫡男意知どのは奏者番を務めておられるな」

「それがなにか」

「奏者番は寺社奉行、若年寄への出世のお役、祝着至極にござる」

宗睦が持って回った言い方をして、

「されど京の禁裏では帝《みかど》がご不快に思うておられるとか。わが城下で商いをする者の中に禁裏に深く通じる者がおりましてな、この宗睦に江戸へ伝えてくれとの帝よりの言伝《ことづて》を受け取り申した」

と言い添えた。

「帝の言伝とはどのようなものにござるか」

「意知どのは朝廷使者の接待を知らず、いささか京と江戸の間に齟齬《そご》を来《きた》しておる、とお怒りのご様子とか。まあ、京のことなど捨ておけという考えもござろう。じゃが、京と江戸が反目することは決してよいことではござらぬ。そうは思われぬか、田沼どの」

「宗睦どの、そなたはなにを訴えておられるのか」

「奏者番罷免《ひめん》など、意知どのにとって良きことではござらぬ」

「されど宗睦どの、帝のお怒りが真なら無視できませんぞ」

と治貞が応じた。

「言伝だけではござらぬ、帝から文を頂戴した。じゃが、そのようなものを持ちだすと表沙汰《おもてざた》となり、いささか厄介が生じる。ここは内々に京の意思を聞きおき、老中どのに伝えることが肝心かと存じた」

「いかにもいかにも、宗睦どの。してどのようなことを帝は仰せられておるのでござるか」

と紀伊が尾張に尋ねた。

「家治様御側御用取次であった速水左近はどうしておると、再三再四京都所司代にお尋ねあるとも聞く。速水左近は京のことも熟知しておるでな。帝の真意は速水左近の奏者番就任ではないかと存ずる」

「意知どのはどうなさる」

「朝廷の窓口、速水左近と意知どのが相協力して携わることは、幕府にとって大事かと存ずる」

「いかにもさよう、よき考えかと存ずる」

と水戸の治保が大きく頷き、

「ご老中、速水左近は今なにをしておる」

と訊いた。

「治保どの、旗本の消息を一々知ることはござらぬ。老中職はそうでなくとも多忙な職階にござる」

「いや、それがし、速水左近が甲府勤番、俗にいう山流しに遭《お》うていると聞いておるが」

と治貞が持ち出した。

「まさかあれほど有為の人材を、幕府が山流しになどするはずもござるまい。もし帝がお知りになれば、火に油を注ぐが如くに憤慨されるのは間違いない。朝廷と幕府の関わりがさらにぎくしゃくしよう。そういうことがよろしいわけもなし」

「田沼どの、どうでござろうな。速水左近が一件、甲府から京の応接へと変えられては」

治貞の提案に田沼意次が大きな息をひとつつくと、

「御三家お揃いでなにごとかと思いきや、さような戯言《ざれごと》にござるか。それがし、聞く耳を持ちませぬ。それではご免」

と吐き捨て、その場を去ろうとしたところへ、治貞が、

「高野山に乗り物で詣でた神田橋のお部屋様こと田沼御素名なる女子は、田沼どの、どうしておられるな。われら、そなたの代参というで、それなりの待遇で持て成した。その折りの女子と用人の言辞すべてをわれら把握し、証として書き付けにして残しておる。また証人もござる。高野山奥之院副教導室町光然老師」

「光然老師は京と親しかったな」

宗睦が得心したように首肯した。

「田沼家の出が紀伊ということをもはやお忘れになっておられぬか。いささかなりとも旧藩主をないがしろにいたすなれば、すべて世間にあからさまにしてみせようぞ」

治貞が田沼意次を睨んで凄んだ。

四者の間に沈黙が支配した。

「田沼どの、ときに御三家の総意も聞くものじゃ。速水左近を江戸にお返しあれ。それとも京の強い意向により、朝廷と幕府の間が滞ってもよろしいか。そなた、高い官位を欲しがっておられるとか。となればもはや無理じゃな」

宗睦が田沼意次をひたと見た。

田沼意次は歯ぎしりしながら沈思し、言葉を絞り出した。

「御三家の総意、格別に聞き届ける」

「早いほうがよろしかろう」

と宗睦が催促し、治貞が、

「田沼どの、この場の話、われら四人の胸に収めるということでよろしゅうございますな」

と念を押し、田沼意次が不承不承頷いた。


城中の話は、尾張の宗睦より小梅村の尚武館道場の磐音に密かに伝えられた。

磐音は弥助を呼ぶと甲府に走らせた。

田沼一派が速水左近の江戸戻りの道中を襲うことを恐れて、左近に事情を知らせ、道中は尚武館道場の影警護がつくことを知らせたのだ。そして、速水左近の日程が決まり次第、磐音自ら途中まで迎えに出ることを考えて、その算段をした。

幕府から、速水左近の甲府勤番の職が解かれたと速水家に知らせが届いた翌日、杢之助と右近が晴れやかな顔で稽古にやってきて、

「若先生、父が江戸に戻って参ります」

と報告した。

「ほう、それはようござった。そなたらも永の苦労であったな。和子様もさぞお喜びであろう」

と答えたものだ。

朝稽古が終わったあと、いつものように朝餉《あさげ》と昼餉を兼ねた食事をとるために御寮に向かい、おこんに会うと、杢之助、右近兄弟は、

「義姉上《あねうえ》、父が江戸に戻ってこられます」

と嬉しそうにおこんにも報告した。

「おめでとうございます」

おこんは兄弟が戻ったあと、

「磐音様、このことご存じにございましたね」

と問うた。

「おこん、幕府の人事を一剣術家が知るわけもなかろう。最前、兄弟から報告を受けて知ったところだ」

「そう聞いておきましょう。だんだんと、亡くなられた養父上玲圓様に似てこられますな」

おこんが呟いたものだ。

「養父上とな。どのようなところが似てきたと言うか」

「近頃、肚にあることを私に言われませぬ」

「おこん、それはないぞ。口にせぬということは、肚になにもないということじゃ。それがしの腸《はらわた》、取り出して見せたいくらいじゃ」

「さぞ真っ白けか真っ黒けにございましょうね」

「養父上もそうであったかのう」

と磐音がとぼけた顔で応じた。

「速水様はいつ江戸に戻られますので」

「十月朔日《さくじつ》、甲府を出立されて帰路に就かれる。速水様が甲府に向かわれたとき、われらは江戸を離れておったで、見送りに行けなかった。こたびは途中までお迎えに出ようと思う」

「弥助様はすでに甲府でございますね」

「まあそのようなところか」

「これです。すべてを承知で、なにも私には話されませぬ」

「そのほうが身の安全ということもあろう」

と答えたとき、早苗が磐音の膳《ぜん》を運んできた。

玲圓と同じように朝粥《あさがゆ》であった。玲圓のそれは梅干しが菜と質素極まりなかった。

たが、おこんが、

「養父上と同じ菜では力が出ませぬ。剣術家の体力を養うには朝と昼を兼ねた食事は大事にございます」

と言い出し、この日の菜も煮魚、野菜の煮付け、納豆に具たっぷりの味噌汁《みそしる》を供したものだ。

磐音は庭が見える縁側に御膳を置くと、両手を合わせて箸《はし》を使い始めた。食べ始めると磐音の注意は他には向かない。食べることのみに専念して、実に美味《おい》しそうにこの日、供された子持ち鰈《かれい》の骨だけを残して食べ終えた。

ふと気付くと、金兵衛が空也と一緒に磐音を見ていた。

「婿どのは膳を前にすると他のことは眼に入らぬと見える」

「おや、舅どの、いつ参られました」

「飯を食っている間、空也様と座敷を飛び回っていたが、なんにも気がつかないようでしたな」

「さようでしたか」

「確かに、食うのに専念するのは食べ物を慈しんで感謝して食べているようで、感心なことだがさ、空也様にいい教えかね」

「はてどうでしょう」

と苦笑いした磬音が、

「舅どの、孫に様付けはようござらぬ。空也と呼び捨てにしてくだされ」

「なに、六間堀の長屋の差配が侍の子を呼び捨てかえ。いいのかね」

「長幼《ちょうよう》の序《じょ》は侍であれ町人であれ変わりございません。まして金兵衛どのはおこんの父親、空也の爺様ゆえ、空也と呼び捨てにしてくだされ」

「うーむ、呼べるかな」

と金兵衛が言うところに早苗が茶を運んで来て、膳を下げようとした。

「このところ、親父様が見えられぬな」

「私の気持ちは平静にございます」

「早苗さんや、そんなことを言うもんじゃねえよ。あれでおまえさん方のことを気にかけているんだよ」

と金兵衛が言った。

「そうでしょうか。私どもが幼い頃から父は母を困らせてばかりいました。皆様にも多大な迷惑をおかけしました」

「まあな、そのお蔭で早苗さんをはじめ、子たちはしっかり者に育ったともいえる。世間とはよくしたものだな。あの親父様からこんないい娘が生まれ育ったんだからな」

金兵衛が感心するところに、尚武館道場との間の竹林の向こうから、

「早苗、どこにおる。勢津《せつ》が姿を見せぬのだ。家出でもしたのではないか」

という怒鳴り声が聞こえてきた。

「ぶざえもんさまだ」

と声を聞きつけた空也が嬉しそうに笑った。反対に早苗はなんとも情けない顔になり、

「父上」

と呟いた。

安藤家のお仕着せの半纏を着た武左衛門が大きな体を見せて、

「おお、早苗、そのようなところにおったか。おまえのかか様が朝からおらぬぞ。まさかどこぞの男と駆け落ちでもしたわけではあるまいな」

「ち、父上」

血相を変えた早苗が叫ぶと、抱えた膳の上の器がかたかたと鳴った。

「早苗さん、いつものことだ、聞き流すんだよ」

どてらの金兵衛が早苗を宥《なだ》めた。

「母上は宮戸川に行っておいでです」

「宮戸川に、何用だ」

と庭を突っ切ってきた武左衛門が縁側の前で仁王立ちになり、訊いた。その視線は早苗が抱えた膳にいっていた。

「なんだ、もう飯を食ったのか。昼餉の仕度もないで、尚武館に来ればなんぞ食い物があるかと思うたのだがな」

「父上、いい加減にしてください。母上は私の奉公のことで鉄五郎親方のもとへお礼に行かれたのです」

「なに、礼じゃと。おまえが汗して働き、いささか少ない給金を親方が支払った。それだけのことではないか。礼に行く要がどこにある。あるならば、一家の長《おさ》たるわしが行くのが筋だ。のう、どてらの金兵衛さん」

「それができるくらいなら、早苗さんもおかみさんも苦労はないよ。物事の道理が分からないのは親父ばかりだ」

「金兵衛まで馬鹿にしおる。おお、若先生、そなたと同じものでよい、膳を一つくれぬか。じゃが、粥はいかぬぞ、あれは腹もちがせぬ。禅宗の坊主か病人の食い物じゃ」

と縁側にどすんと腰を下ろした。

「こちらには、父上に食べさせる物はなに一つございません。うちにお帰りください」

と早苗が言うのへ、

「そう言わずに膳を一つ父御に仕度なされよ。粥ではなく、門弟衆と同じ飯を丼に大盛りにしてな」

と磐音が取り繕《つくろ》った。

「ほれ、みよ、早苗。尚武館の若先生とわしは、互いに腹っぺらしの時代からの知り合いなのだ。遠慮など要らぬのよ」

と怒鳴った武左衛門が急に優しい声に変え、

「早苗、台所に酒があろう。茶碗にな、いや、丼でもよいぞ、縁《ふち》まで注《つ》いでな、膳に添えてくれ」

「父上、知りませせぬ」

と早苗が台所に姿を消し、

「うわっはっは」

と金兵衛が笑って、空也が爺と武左衛門を交互に見た。

四

この日、磐音とおこんと空也は、江戸に戻って初めて一家三人で出かけた。

小梅村に戻って以来の馴染みの猪牙舟で、船頭は霧子が務めてくれた。

三人を乗せた舟は大川左岸沿いに河口へと下り、両国橋、新大橋を潜った先で小名木《おなぎ》川へと舳先を突っ込み、高橋《たかばし》を過ぎて深川海辺大工町《うみべだいくまち》の岸辺に霧子が舟を繋ぎ止めた。

一家が目指す先は、寛永元年（一六二四）に霊岸島に創立された寺で、明暦《めいれき》の大火のあと、深川に移転してきた霊巌寺《れいがんじ》だ。

家康、秀忠、家光の徳川三代に尊信された寺の境内は広大で、海辺新田の一角に堂々とあった。むろん墓地も広く、その一隅に金兵衛の女房でおこんの母親のおのぶが眠っていた。

四人が墓の前に行くと金兵衛と、おこんも磐音も見知らぬ壮年の僧侶がいて、すでに墓の清めも終えていた。

「お父っつぁん、おっ母さんの墓掃除を済ませちゃったの」

おこんが深川の娘時代に返ったような言葉遣いで話しかけた。

「おめえを待って一緒にと思ったが、おめえは腹ぼてだ。なにがあってもいけねえや。あの世のおのぶと話しながらさ、掃除を済ませちまったよ」

「どてらの金兵衛さんは年々せっかちになるわね」

「年寄りは皆そうだ。とくにこの界隈の連中は、十言うところを二くらいで動かねえと、ぐずだ、鈍だと怒鳴られちまう」

と金兵衛が応じて、

「哲頌《てつしょう》様よ、婿一家が顔を揃えた。早いとこ経を上げてくんな」

と急かせた。

「お父っつぁん、花くらいおっ母さんのお墓に上げさせてよ。それに空也はおっ母さんとは初めてなんですから、私の口からこれが空也ですと紹介させてくださいな」

おこんが願い、すでに清められた墓石をかたちばかりの水で清め、今津屋の御

寮の畑で季助が育てた菊や竜胆《りんどう》を花立てに飾り入れた。そんなおこんを霧子が手伝い、磐音は空也に、

「このお墓にはそなたの婆様が眠っておられる」

と教えた。

「父上、空也にはどれほどじじ様とばば様がおられるのです」

「ふっふっふ、自ら爺様、婆様と称されるお方を加えると、両手の指では足るまいな。江戸での爺様婆様にはおよそ会《お》うたが、豊後関前の爺様婆様を未だそなたは知らぬ」

「ぶんごとは、どこですか」

「そなたが知る紀伊より遠い地じゃ。いつの日か共に訪ねよう」

「空也はここから、ぶんごのじじ様ばば様に手をあわせます」

「空也、豊後関前の爺様婆様は元気に生きておられますよ」

「母上、生きた人には手をあわせることはないのですか」

「目を瞑《つむ》り、心の中で、私が空也です、とご挨拶しなされ。気持ちが関前の爺様婆様に伝わります」

「手をあわせるのとはちがうか」

と呟きながらも、空也はおのぶの墓の前で両眼を閉じた。

金兵衛が線香を手向け、哲頌が読経を始め、磐音らは墓の前で合掌して瞑目した。

その様子をじいっと、喉に白布を巻いた御家人が暗い目付きで眺めていた。

蟋蟀駿次郎だ。

駿次郎は、二半場御家人蟋蟀家の遠い縁戚で、一年半前、蟋蟀家に入り婿した。

蟋蟀家は小普請組で無役、内職をしながらなんとか体面を保つ暮らしぶりだ。

一方、相州鎌倉外れで刀鍛冶を職にしながら、剣術の稽古に明け暮れて育った駿次郎は、御家人蟋蟀家に婿に入るなれば、必ずや剣術の腕が出世の役に立つはずと信じていた。

だが、江戸の蟋蟀家の暮らしは、三度三度の飯にも事欠く貧乏ぶりであった。

愕然とした駿次郎は、なにか手立てを考えねばと思案した。

そんな最中、麴町《こうじまち》の町道場で偶然にも知り合ったのは、老中田沼家剣術指南格村瀬宋三郎であった。ただ今の暮らしを村瀬に訴えると、

「蟋蟀どの、物は考えようじゃ。この江戸の力関係をどう計るかによって自ずと動き方が決まろう。そなたに一人、旗本を引き合わせておこう」

と、神保小路の旗本日向鵬齊に引き合わせてくれた。

日向邸で剣術の腕を試され、屋敷への出入りを許された。しばらく時が過ぎた頃、

「尚武館坂崎道場の主を倒せば、蟋蟀家の出世の糸口になる」

と約束されて刺客の一人になったのだ。

鎌倉の外れで生まれ育ったがゆえに、神保小路にあった直心影流尚武館佐々木道場と佐々木玲圓の武名も、後継の磐音の半生も、駿次郎は知らなかった。

だが、相州一刀流の自らの腕には並々ならぬ自信を持っていた。それが尚武館道場の様子を見に行って、流儀を二半場流と虚言を弄して挑んだが、あっさりと道場主の坂崎磐音に打ち負かされた。

なんとしても借りを返さねば、蟋蟀家の行く末もなければ自らの体面も保てないと、駿次郎は坂崎磐音の行動を注視していた。

喉が痛んだ。

竹刀で突かれた傷もだが、心に残った痛みのほうが駿次郎にはきつかった。

駿次郎の視線の先で坊主の読経が終わり、坂崎磐音ら五人も寺をあとにした。

坂崎らは小名木川に小舟を用意していた。女門弟が櫓を操り、大川へと向かって岸辺を離れた。

駿次郎は小舟を追って河岸道を歩いた。櫓はゆったりと動かされて、夫婦が幼子に町並みを説明している様子があった。

村瀬宋三郎から聞かされたところによると、坂崎磐音一家と旧尚武館の残党の数人の従者は、この数年江戸を離れていたとか。その理由は老中田沼意次を恐れてのことだそうだ。

なぜ老中田沼意次が一介の町道場の後継を気にするのか、またなぜ坂崎磐音が老中を恐れるのか、鎌倉育ちの駿次郎には理解がつかなかった。

はっきりしていることは、田沼意次が蟋蟀家の出世の糸口ということだ。むろん老中本人に面会など許されるわけもない。将軍家治の信頼厚く、幕閣の中で絶大な権勢を誇る田沼に、なんとしても気に入られる働きをなす要があった。それを、最初からあっさりと退けられたのだ。

あの日、村瀬の門弟二人に神保小路の日向邸に担ぎ込まれて、医師の手当てを受けた。手当てが終わったあと、日向鵬齊が駿次郎の枕辺に来て、

「おぬし、口ほどにもないな」

と厳しく罵った。

「ひ、ひゅうがさま、ゆ、だんを」

と喉から必死で声を絞り出した。

「油断をしたというか。この汚名、よほどのことがないかぎり雪《すす》げぬぞ」

「そ、それがし、さ、さかざきをうちはたす」

二日ばかり日向邸の長屋で寝込んだ蟋蟀駿次郎は、夜を待って屋敷を抜け出し、蟋蟀家のある下谷山崎町に戻った。なんとか粥が啜《すす》れるようになって数日静養したのち、相州一刀流の稽古を始めた。そして昨日から、小梅村の尚武館坂崎道場の見張りを始めたのだ。

この日の未明、駿次郎は坂崎一家が海辺大工町の霊巌寺に墓参りに行くことを知った。それは飯炊きの女衆と門番が敷地の境の畑で花を摘みながら、墓参りの話をしているのを耳にしたからだ。

駿次郎は海辺大工町がどこにあるのか知らなかったが、竹屋ノ渡しの船頭に訊いて大川河口の左岸にあることを知った。

そんなわけで蟋蟀駿次郎が霊巌寺に先回りして、坂崎一家が墓参りに来るのを待ち伏せしたのだ。

小舟が大川に出て向こう岸に向かったら、江戸の地理に暗い駿次郎は万事休すだ。

名も知らぬ橋を潜った小舟は、北に向かう堀に曲がった。だが、駿次郎は小名木川の南岸から北岸へと渡る術《すべ》がない。

橋はないかと見渡すと、大川との合流部に橋が見えた。万年橋だ。

駿次郎は必死で橋に向かって駆け出し、向こう岸に渡ると反対岸を走り戻った。

女門弟が漕ぐ小舟の消えた堀に辿り着いたが舟影はない。

紀伊藩の深川屋敷に沿って堀端の道を急ぐと、一つ目の橋を過ぎた辺りで堀に架かる二つ目の橋が見えた。

猿子《さるこ》橋だ。その橋際に止めた猪牙舟から女門弟が河岸道に上がり、路地に姿を消した。

(やれやれ、間にあった)

紀伊藩の深川屋敷と御籾蔵《おもみぐら》に挟まれた一角に町屋が短冊形に延びていたが、そんなところになにがあるというのか。

磐音一家は金兵衛長屋を久しぶりに訪れようとしていた。

差配の金兵衛の声が、

「おいおい、長屋の衆や、ちょいと顔を貸してくんな」

と響き渡って、井戸端にいた水飴《みずあめ》売りの五作《ごさく》の女房おたねが、

「大家さん、金兵衛さん、月々のものはちゃんと払ってるよ。それをなんだい、呼び出そうなんて、こっちはそう暇じゃないんだよ。おしまさん、あんたは理由を承知かえ」

と叫び返すと、顔を合わせた左官の常次《つねじ》の女房を見た。

そのうしろから普請場《ふしんば》の都合で仕事が休みの常次まで姿を見せ、井戸端の前で青物を揃えて、この日、二度目の触れ売りに出かけようとしていた亀吉《かめきち》に言いかけた。

「また金をふんだくられる話かえ。このところよ、祭礼やなんだってあれこれ催促が厳しくないか。どてらの金兵衛さん、なんぞやきが回ったかねえ」

と言うところに金兵衛一人が木戸口に姿を見せて、

「とざい、とうざぁーい」

と大きく両手を広げた。

「どうしたえ、大家さん。陽気がいいってんで頭がおかしくなっちまったか」

「今朝は早くからおのぶさんの墓参りに出かけたはずだよ。あの世からおのぶさんにおいでおいでされてさ、その気になったんだよ」

常次とおたねが言い合った。

「しめた、来月から店賃《たなちん》はなしだ」

と亀吉が喜ぶのへ、

「ばか野郎、けっこうなお長屋に住まわせてもらって店賃を払わないだと、罰《ばち》あたりめが」

と金兵衛が睨んだ。

「ならなんの用だ」

「おお、そうだ、そいつを忘れてたよ」

金兵衛が路地の入口においでおいでをして、磐音、おこん、空也の一家が姿を見せた。

「ああああっ！」

付け木売りのおくまが突然の磐音一家の出現に驚きの声を上げ、他の連中は黙り込んだ。

「お長屋の衆、あれこれと心配をおかけ申した。おこん、空也とともに、こうして無事に江戸に戻ってくることができました」

磐音が腰を折り、おこんが頭を下げた。

「ろ、浪人さんよ、夢じゃねえか」

亀吉が素《す》っ頓狂《とんきょう》な声を張り上げた。

「ここんところ、どてらの金兵衛さんの機嫌がえらくいいんでさ、なにかあったと思っていたが、おこんちゃんが江戸に戻っていたのかえ」

おたねが驚きの言葉を洩らした。

「お父っつぁんたら、長屋のみんなに言ってなかったの」

「おこんよ、連中を驚かそうと思ってさ、必死に我慢してたんだよ。見な、そのお蔭でよ、えっへっへへ、顎を外さんばかりに驚きやがったぜ」

得意げに理由を述べた金兵衛が、

「また婿が皆の衆に世話になりますでな、こうして挨拶をさせたくてな、墓参りのついでに立ち寄らせたってわけですよ」

「ひやっ、よう帰ってきたな、浪人さんよ。ええ、その利発そうながき、じゃねえ、おがき様が金兵衛さんの自慢の孫の空也様かえ。うんうん、長屋のがきとは出来が違うな」

と言った常次が、

「おい、まさかまた浪人さんに逆戻りしてよ、長屋に住んで鰻割《うなぎさ》きしたりよ、今津屋の用心棒をしたりするんじゃなかろうな」

と磐音の暮らしを案じた。

「常次どの、案じられるな。住まいは江戸を離れたとき同様に今津屋の御寮でな、あの地に尚武館坂崎道場の看板を掲げた。じゃが、向こう岸からいささか遠いゆえ、門弟衆はいまだ二十人ほどしかおらぬ。これでは生計《たつき》がたつまい。どなたか入門希望者がいたら、口利きを願いたい」

「おやおや、長屋を訪ねた早々、門弟を募《つの》る口上かい。この界隈に剣術を習うって野郎《やっとう》がいるかね」

と亀吉が首を捻《ひね》り、

「おこんちゃん、二人目が生まれるんだね。そっちの手伝いなら長屋じゅうで押しかけるよ」

おたねが答えて、話は尽きなかった。

「おい、立ち話もなんだ。今日は一家でおのぶの墓参りだ、法事のあとは斎《とき》と決まってらあ。酒は用意してある。それに婿一家がこうして無事に戻ってきたんだ、一杯飲んでくれねえか」

「しめた！」

と常次が手を打ち、ぞろぞろと金兵衛の家に長屋の連中が上がっていった。

蟋蟀駿次郎は金兵衛長屋の裏庭に回り込み、賑やかな声を聞いていた。

尚武館坂崎道場の道場主は浪人と呼ばれていたのか。どうやらその昔は、この長屋の住人だったようだと、洩れ聞こえてくる話から察しがつけられた。

（はてどうしたものか）

決断がつかぬままにゆるゆると時が流れていき、西日が樫《かし》の大木を照らし付けて宴の家の障子に影を落とした。

駿次郎は不意に背後に人の気配を感じた。

振り返ると女門弟が立っていた。

「御家人蟋蟀駿次郎様でございましたね、霊巌寺から私どもを尾行しておられるようですが、どうなさるおつもりです」

「はてどうしたものか迷うておる」

と声を絞り出した。

「どのような考えもおやめなされ。若先生はそなた様の敵う相手ではございません」

「言うな」

駿次郎の声に気付いた者がいた。

障子戸が開き、坂崎磐音が縁側に立った。霧子が賑やかな場から姿を消していたのは分かっていたが、尾行者を問い詰めていたらしい。

「蟋蟀駿次郎どのでしたな。喉は未だ痛みますか」

磐音が声をかけたため、駿次郎が喉に巻いていた白布を剝《は》ぎ取り捨てた。喉が青紫の痣《あざ》になっていた。

「その節は失礼いたしましたな」

駿次郎は覚悟を決めた。

「坂崎磐音、その命貰いうけた」

「御家人二半場と名乗られましたな。御家人は公方様のご家来、他のだれかの命《めい》で動いてはなりません」

「言うな。生きるためにそなたを斬る」

垣根の破れからつかつかと金兵衛の狭い庭に入ってきて、駿次郎が刀を抜いた。

磐音は脇差《わきざし》を差した姿で縁側に立っていたが、庭下駄を履いて庭に下りた。

背後の宴は突然の戦いに言葉をなくしていた。

「蟋蟀どの、そなたは一度それがしに後《おく》れを取った。こたび打ち負かされたならば、どうなさるな」

「必ずや勝つ」

「戦いは時の運と申すが、残念ながらそなたの腕前ではこの坂崎磐音は斬れませぬ」

「いや、必ずや勝つ」

「負けたときは田沼派から抜けると約定されるならば、お相手しよう」

蟋蟀駿次郎の横顔に西日があたった。そのせいか、駿次郎の迷いがあからさまに顔に漂うのが見てとれた。

「よし」

と駿次郎が答えた。

すいっ
と磐音から間合いを詰めた。

駿次郎も磐音に動きを合わせた。

正眼に構えていた蟋蟀駿次郎の剣が胸元に引き付けられた。

磐音の脇差が抜かれ、峰に返された。そして片手一本に保持された。

駿次郎が身を前に傾けて生死の間合いを越え、剣を振るった。

磐音は動きを読みつつ、踏み込んできた蟋蟀駿次郎の刃風を感じながら、

びしり

と相手の肩口に峰に返した脇差を叩きつけた。

「あっ!」

と悲鳴を上げた蟋蟀駿次郎が前のめりに崩れ落ちた。

「蟋蟀駿次郎どの、武士の約束じゃぞ」

と言い残した磐音は、くるりと背を向けると、縁側から静まり返った宴の場に戻りながら、

(あのお方の身になにがあってもならぬ)

と、近々甲府勤番を辞して江戸に戻る速水左近の警護を強めることを考えていた。

天明二年、慌ただしい秋も残り少なくなった九月下旬のことだった。

巻末付録

江戸よもやま話

大川——水都の大動脈

文春文庫・磐音編集班　編

「見よ、空也。江戸城じゃぞ」

逃げるように江戸を出て三年余。磐音とおこんは、ついに江戸に帰ってきました。かつて家基が住み、養父玲圓が命を賭して守ろうとした将軍の城に、磐音は何を思うのでしょうか。そして、姥捨の郷で生まれた空也に、初めての天下の城はどう映ったのでしょうか。宿命の星の下に生まれた父子の新たな闘いが始まります。

さて、小梅村の懐かしい今津屋寮に戻った磐音は、落ち着く暇もなく江戸市中へ挨拶回りにでかけます。そこで磐音の足となったのが霧子の操舵する猪牙舟《ちょきぶね》でした。今回は、磐音の船が通る隅田川《すみだがわ》のミニ散策です（巻頭の「江戸地図」を傍らにお読みください）。

小梅村の今津屋寮から出発しましょう。寮は三囲稲荷《みめぐりいなり》の参道の右手にありました。船着き場から船を出し、源森川《げんもりがわ》から隅田川に出て、左手の下流へ向かいます。まず見えてくるのは吾妻橋《あづまばし》。江戸時代、隅田川には五つの橋——北から千住大橋《せんじゅおおはし》、吾妻橋、両国橋、新大橋、永代橋《えいたいばし》が架けられていましたが、安永《あんえい》三年（一七七四）、町方によって架けられた唯一の橋です。ここからはとくに大川と呼ばれますが、しばらく進むと両国橋が見えてきます。名前の由来は、隅田川が武蔵国と下総国の両国の境であったことから。橋の大きさは、架け換えの時期によって多少の異同がありますが、全長九十四間（約百七十一メートル）、幅員四間（約七・三メートル）。橋の最高点と橋端の高低差（反り）は三メートル前後あり、中央の最も高い部分を支える杭の長さは九間半（約十七・三メートル）にも及び、船上から見上げる両国橋はさぞかし巨大だったことでしょう。

徳川家康は、江戸防衛の観点から、千住大橋を除いて、隅田川に橋を渡しませんでした。これが仇となり、明暦《めいれき》三年（一六五七）の振袖《ふりそで》火事の際、一説に十万人とも言われる多くの市民が対岸へ逃げることができず猛火の犠牲となりました。これをきっかけに両国橋が架橋され、橋の両側に火除地《ひよけち》として設けられた広小路《ひろこうじ》が江戸随一の繁華街となります。同時に、対岸の本所や深川に旗本屋敷や町屋が建てられ、江戸は東へと拡がっていきました。

毎年五月二十八日の川開き、七月十日、そして八月二十八日の川仕舞《じま》いには、花火見

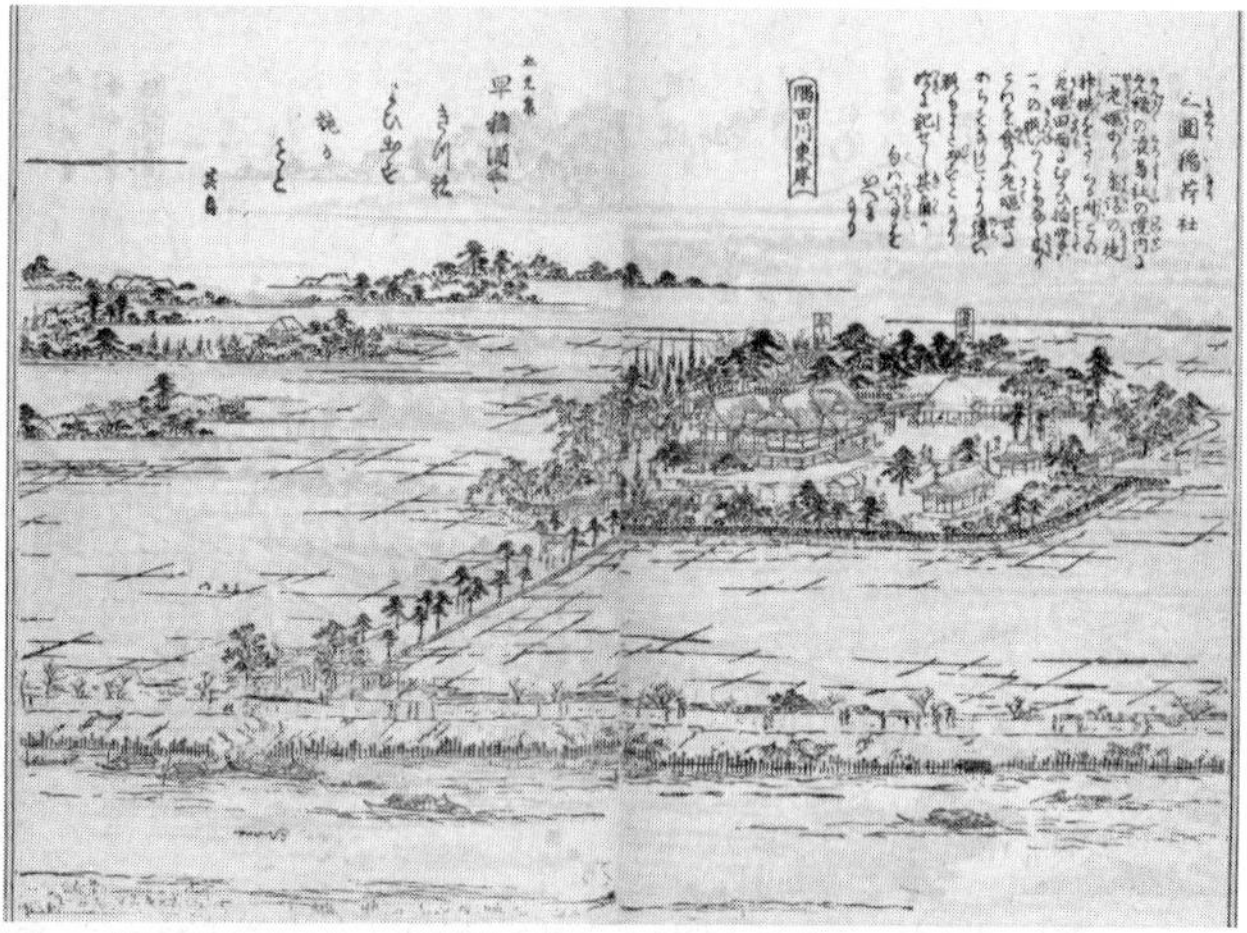

図1　隅田川右岸より三囲稲荷を望む。左手に船着き場。川からは鳥居が土手にめり込んで見えた。『江戸名所図会 三囲稲荷社』（国立国会図書館蔵）。

物にたくさんの人々が橋に集い、大小の屋形船などが川面を埋め尽くすことで有名ですが、磐音にとってもこの橋はおこんと渡り、互いの想いを通わせた思い入れの深い場所です。妖術遣いの丸目歌女をはじめ、多くの敵との対決の場ともなりました。この橋で品川柳次郎と再会したお有は「幸せを呼ぶ橋」と呼ぶなど、たくさんの人々の思いを紡いだ舞台でした。

　さて、両国橋手前を右手に曲がり柳橋《やなぎばし》をくぐると神田川ですが、いましばし大川を下流へと進みましょう。新大橋を過ぎた左手には小名木川《おなぎがわ》が見えます。小名木川は最も早く開削された運河で、東へ進むと番所のある中川を越え、関東最大の製塩産地であった行徳《ぎょうとく》に至り、さらに江戸川へ繋がっていました。当初は塩を運ぶことが目的でしたが、やがて、奥州米などの輸送に使われるようになりました。銚子《ちょうし》から利根川を遡り、途中から江戸川を南下し、小名木川を経て大川右岸の幕府米蔵に収納されたのです。もちろん、幕府だけではなく、たとえば旗本が知行所（領地）から年貢米を送らせる、といった個人利用もありました。内陸河川では、小さい順に高瀬舟《たかせぶね》、平田舟《ひらたぶね》、五大力船《ごだいりきせん》などの荷船が、地理的条件に合わせて使用されました。

さらに下流へと進むと、永代橋と佃島《つくだじま》に囲まれた大川河口に至ります。この一帯は、諸国廻船が碇泊し、「江戸湊《えどみなと》」と呼ばれました。菱垣廻船《ひがきかいせん》や樽廻船など、数百石、ときには千石に及ぶ荷物を積むことができる大型の木造帆船を弁財船《べんざいせん》と呼びますが、水深が浅い江戸の沿岸部に近づくことはできず、品川沖に碇を下したようです。廻船での船荷の積み降ろしは廻船問屋が差配し、茶船《ちゃぶね》（瀬取船《せどりぶね》）という小型船で行われました。

江戸市中に荷物を運ぶためには、日本橋川を使います。江戸湊からにせよ、小名木川からにせよ、江戸市中の狭く浅い堀や水路に進入するには、より小型の艀下《はしけ》という船に積み替える必要がありました。荷物の積み替え、配達業務を行う業者が艀下宿で、日本橋界隈を仕切る小網町付船《こあみちょうつけふね》仲間と、隅田川より東側の本所・深川の差配を行う両国橋御《お》役船《やくせん》艀下宿仲間と、ふたつの集団が住み分けていました。

図2　夜空に輝く「打ちあげしだれ柳」を群衆が橋の上から見上げる。納涼船で埋め尽くされた川は歪曲して、上流は待乳《まつち》山《やま》、下流は猿子《さるこ》橋《ばし》まで描く。『東都両国ばし夏景色』（1859年刊、五雲亭《ごうんてい》貞秀《さだひで》画。国立国会図書館蔵）。

図３　日本橋は高さが 21.45 尺（約 6.5m）もある太鼓橋で、江戸城や富士山がよく見えた。日本橋川には押送舟《おしおくりぶね》が行き交い、北岸の魚河岸は大賑わい。『東都名所　日本橋真景并ニ魚市全図』（一立斎広重《いちりゅうさいひろしげ》画、国立国会図書館蔵）。

荷物は、配送先に近い河岸《かし》に陸揚げされます。荷受けするのは河岸問屋で、荷物の保管、商人への卸、運送業者である車力による個別配送と、現代の物流センターの役割を担っていました。日本橋川にあった魚河岸、堀留川《ほりどめがわ》の米河岸や塩河岸、京橋が架かる京橋川沿いには薪河岸、大根河岸、竹河岸が並んでいました。大根河岸の名前は、江戸野菜の代表である大根に因んだものですが、扱う荷物の名前を付けた河岸も多くみられました。堀や水路があるところに遍く設置されて、その数は百か所以上といわれ、物流の中心として大変な賑わいを見せていました。

武士は、二七〇家に及ぶ諸大名と江戸勤番の家臣、五二〇〇家の旗本、一万七四〇〇家の御家人、さらに五〇万人を超える町人。この都市住民の生活に必要な膨大な物資を、海から、また内陸から運ぶ上で、隅田川は江戸の物流の大動脈であったのです。

【参考文献】
松村博『江戸の橋』(鹿島出版会、二〇〇七年)
吉田伸之『都市 江戸に生きる』(岩波新書、二〇一五年)

文春文庫

東《しの》雲《のめ》ノ空《そら》

居《い》眠《ねむ》り磐《いわ》音《ね》（三十八）決定版《けつていばん》

定価はカバーに表示してあります

2020年9月10日　第1刷

著　者　佐《さ》伯《えき》泰《やす》英《ひで》

発行者　花田朋子

発行所　株式会社　文藝春秋

東京都千代田区紀尾井町 3-23　〒102-8008
TEL 03・3265・1211㈹
文藝春秋ホームページ　http://www.bunshun.co.jp

落丁、乱丁本は、お手数ですが小社製作部宛お送り下さい。送料小社負担でお取替致します。

印刷製本・凸版印刷

Printed in Japan
ISBN978-4-16-791564-3